[格拉克文集]

Julien Gracq
Lettrines 2

首字花饰 2

【法】朱利安·格拉克 著
顾元芬 朱震芸 译

华东师范大学出版社

华东师范大学出版社六点分社　策划

目　录

中文版前言 /1

道　与　路 /1
大　事　记 /44
文　　学 /52
距　　离 /106
海　　景 /134
美　　洲 /144
欧　　洲 /163

中文版前言

朱利安·格拉克(Julien Gracq，1910—2007)，本名为路易·普瓦里埃，是法国20世纪著名的小说家、诗人、剧作家和文学评论家，也是法国文坛最隐蔽的作家之一。少年时曾就读于著名的贵族学校亨利四世中学，后进入高等师范学院及政治学院学习，主修历史与地理，并获得该专业的教师资格证书，毕业后，先后在外省和巴黎的几所中学任教，直至70岁退休，文学创作起初只是他的业余爱好，然而这种爱好使得格拉克一生笔耕不辍，在半个多世纪的文学创作中，他也许称不上是一个多产的作家，但他以其永恒的主题和洒脱的文笔奉献给了法国文坛为数不多却弥足珍贵的精品。法国总统萨科齐在格拉克去世的第二天发表公报表达对格拉克的哀悼，赞扬他是"一位具有丰富想象力、智慧超群、有独到见解和观察力的作家，并且是一位为人忠诚、对人生孜孜不倦、不断探索和追求的人，是法国20世纪最伟大的作家之一。"

《首字花饰》及《首字花饰2》是格拉克分别于1967年和

1974年发表的。作者没有更换书名,因为这两本书在写作风格上一脉相承。从内容上看,有点像文学随笔,长短不一,除了几段少数的回忆外,大多数文本的长度不超过一页的篇幅;从体裁上看,有叙事、散文、小故事、回忆、箴言、读书笔记、游记、观后感等多种文本,但整本书又并不确切地属于上述任何一种文体,那么如何看待这两本书的创作风格呢?也许我们从书名中可以找到答案。Lettrine 这个词在法语中指的是装饰性大号字母,用于突出章节和段落的起始部分。直至今天,我们仍可以在一些报刊杂志上看到这种大号花体字。显然,格拉克取此词的含义旨在尝试这种篇幅短小、行文自由、瑰丽多彩、意蕴深广的"断片"写作风格,作者可以轻松实现不同文类、主题、笔调、题材等的自由混杂。这种"断片"写作风格在格拉克的创作中起源于一个纯粹偶然的事件:1954 年 3 月 30 日,在批改一位学生的作业时,信手在本上记下了一段关于巴赞元帅在普法战争中指挥的几次战役的简短思考,从那一刻开始,格拉克开始了这种零散随意的断片创作,代替了此前以虚构叙事为主的创作方式。这种"断片"写作不需要构思任何写作提纲,可以说是思绪的瞬间记录,断片的内容也包罗万象:童年回忆、风景印象、读书冥想、战争经历、文艺评论、历史反思……格拉克将这些断片先记录在一个笔记本上,继而修改润色,再誊抄到活页纸上,这样日积月累,第一本共 237 页,包括格拉克在 1954—1961 年间长达 8 年的文学笔记,第二本包含 1962—1967 年的文学笔记共 188 页,经过整理后于 1967 年出版了《首字花饰》。在短篇小说集《半岛》(1971 年)出版之后,格拉克的写作重心又回到这种篇幅短小的散文断片上,写作的速度越来越快,笔记本也是一本接一本地用尽,平均每 9 个月完成一本

95页的笔记，这样1966—1973年又积累了四本文学笔记，于1974年整理出版成《首字花饰2》。当然，正式出版前格拉克又对这些文学断片进行了整理和编排。两部作品的发表前后相隔了7年的时间，其写作风格也发生了细微的变化，在《首字花饰》中，作者基本保留了笔记原始创作风格，短小精悍，笔锋犀利，洒脱飘渺，正如作者在1967年接受法国《新观察家》杂志的记者让·卢都采访时指出，这本《首字花饰》是"一个很自由的集合"，是各个断片自由拼贴在一起的"镶嵌画"。而在整理出版《首字花饰2》时，作者把相近相关主题的断片集中起来，并附加一个小标题，为的是给读者提供一个可能有效的阅读方向，格拉克曾说过，自己更偏好这种分章节的文学创作，而这种写作方式后来一直影响着格拉克的晚年作品，尤其在《边读边写》(1980)中还保留这个风格。另外一个有趣的细节是格拉克的手稿中都曾记上了每一个片段的创作日期，而在出版成书时这些时间的标记一并消失，格拉克赋予这些断片全部的独立性，摆脱一切时间和空间的约束。因而我们在阅读这些断片时，会感觉到时而朦胧缥缈，时而寓意深远，时而斗志激昂等等不同心境，令人回味无穷。

此外格拉克在作品中大量使用了不同的书写符号，如斜体、冒号、破折号等，这些符号的使用可能与我们传统意义的符号作用不尽相同，比如冒号在格拉克的笔下不是表示提示下文或总结上文的功用，而是指写作中其观点或思想的转变；破折号也不是用来表示话题或语气的转变、声音的延续等，而是表达思想的游离，感官的交融，漂浮的思绪等，而斜体字(中文版中用楷体字)的运用，更是如同一轮光晕笼罩着该词，传达给读者一种迷醉之感，品味其中意蕴深广的意境。我们在翻译中保留了作者所使用的书写符号，也给读者一个自由诠释的空间。

《首字花饰》和《首字花饰2》的写作内容涉及历史、政治、文化、小说创作、批评杂谈等社会各个方面,这也是我们翻译的难度所在,由于我们水平有限,书中翻译的不足之处恳请专家、同行和读者一起商榷探讨。

借此,我们对在本书翻译和出版过程中给予大力帮助的同行、老师及华东师范大学出版社六点分社表示由衷的感谢!

王 静
2011年6月于上海

道 与 路

圣-日尔曼-昂莱市①,一月的某天,天色阴沉,才下午四点钟便已暗了下来:在停车场那头,怪里怪气的托斯卡纳式城堡在苏格兰的薄雾中变得模糊不清,这是雅克·斯图亚特②安息之地。我穿过公园,朝盛放骨灰的石瓮走去。石瓮周围散落着松果,在散步者面前空荡荡的天空中勾勒出一个清晰的凹槽;花坛里的花已然凋谢,另一侧,在底座上有一尊雕像,是个裸体的奔跑者,又像被侮辱的树妖,朝巴黎方向伸出拳头,因为城市里悄然产生的灰尘从塞纳河一直飘上了山坡。平台上宽大的阶梯高高悬在河流与森林之间,向我展现出一种魔幻般雄浑的设计:阶梯中央微微下陷,恰似一座吊桥,其弯曲度使人勉强能望见远端的树。阶梯中间一溜绿草,平添了旷野之气,边缘乔木排得笔直,树叶浓密,树干粗壮,令人只好从右边镂空的栏杆望出去,于是这里傍晚成了

---

① Saint-Germain-en-Laye,法国城市,在巴黎以西20公里处。
② Jacques Stuart,即詹姆斯二世(1394—1437),英国斯图亚特王朝第一任君主,也是最后一位信仰天主教的国王。1688年退位后,他被法王路易十四接纳,居住在圣-日尔曼-昂莱,直至过世。

恐怖之地、幽灵出没的小径；离我很远的前方，在沿着栏杆的鹅卵石小道上，一位散步者身后的影子很长，又黑又直，像一幅达利的画。

* * *

巴黎十三区，车站大道的后面。一幢幢崭新的"住宅"楼陷在土里，如同大坝的桩子。吊车和推土机如切纸一般，把十多米高的土丘一侧挖断了。鹌鹑岭陡然伸向塞纳河，毫无美感。再远些是围墙拦起来的萨佩提耶医院的大片土地——这里似乎是研究圣女贞德时期一些人名和地名的奇特领地：拉伊尔路、杜诺瓦路、格赞塔伊路、里奇蒙路、兰斯①路、多姆雷米②路，以及被神秘的朗蒂耶城堡路拦腰切断的帕泰③路（没有以吉尔·德·赖斯④命名的道路）——这个乱七八糟、横遭破坏、充满混凝土高塔的地区，只会令人联想起今日的圣保罗⑤，而不是当年的吕泰斯⑥。几段肮脏不堪的小路仿佛一截又一截断口齐整的锈水管，通向不停长出黄色安全帽的泥泞土台。巴黎任何其他地区都没有这么广泛、剧烈的变化：这里融合了笨拙的器官移植术和精细的假牙镶嵌术。

医院大道一百多米的路上有医院、饭店、咖啡馆，一

---

① Reims，法国历代国王加冕城，百年战争战场。
② Domrémy，法国地名，贞德出生地。
③ Patay，法国地名，百年战争战场。
④ Lahire（1390—1442）、Dunois（1403—1468）、Xaintrailles（1400—1461）、Richemont（1393—1458）和 Gilles de Rais（1404—1440）都是百年战争末期人物，贞德的战友。
⑤ Saõ Paulo，巴西最大的工业城市。
⑥ Lutèce，公元前古罗马人对如今巴黎的称谓。

样的破旧不堪,对面是奥斯特利茨火车站,丑陋又小气。旁边,旧日萨佩提耶乞丐收容所的陈年老垢几乎把这座车站变成了一个独眼流浪汉,就像他们把卡宴变成了苦刑监狱。

* * *

冬天,一个周日的下午,天气阴郁沉闷。经由穆夫塔路、笛卡尔路、先贤祠广场、苏夫洛路,我穿过三十年来几乎不曾踏足过的早年居住之地。沿着圣-热纳维埃夫图书馆一侧的先贤祠漫步,我被这座低矮的古希腊卫城式建筑物的外观打动了,它既宏伟又冰冷,像座修道院。在写作《西尔特沙岸》(*Rivage des Syrtes*)最后一章时,我曾对此稍作回忆:风格混杂的罗马建筑一角,既古典又带有宗教色彩,兀自停歇在它的小山丘上。在那里,生活的气息从各个角落涌出来,顺着斜坡流向低处,只蜿蜒在穆夫塔路那喧闹、激昂、散发着食物诱人香气的羊肠小道上。从先贤祠一侧的人行道望去,法学院、圣-热纳维埃夫图书馆、圣-艾蒂安·杜蒙教堂以及亨利四世中学之间没有任何居民:这是巴黎仅有的一处视野极其开阔的广场,车迹罕至,行人寥寥,他们偶而穿越广场,或沿着边缘漫步,只有在拉丁区,所有人的脸上都还带着神学院或修道院神职人员那种古板艰涩的表情。这里距离川流不息的圣米歇尔大道只有 300 米,在德国占领时期没有灯光的夜晚,有时就像是基里科①的都市领地,被月光凝固在拱顶、石径、廊柱、挑檐下。冬天的夜晚无比严寒,强劲的穿堂

---

① Giorgio de Chirico (1888—1978),希腊裔意大利超现实画派大师,是形而上学派艺术的创始人。

风自苏夫洛路涌来,从教堂圆顶两侧削过,曾经使得广场上路灯的微弱黄光在寂静中颤抖——没有什么比周日晚上孤独地返校时,在亨利四世中学高高的拱顶下、圆形楼梯厅里,所感受到的修道院一般的寒冷更加刺骨了。我今天有些诧异——这比与世隔绝的孤独、冷漠和背叛更让我感慨——我们的青年时代竟然没有冰封在这个漏风公墓的石壁之间:如果有一天巴黎失去生气,我认为就在这里,而不是任何其他地方,小草会从路石夹缝中钻出来。

* * *

"在南特,我们同时相聚又别离",布勒东①去世前的几星期,在寄给我的最后一张明信片上写了这么一句莫测高深的话。我有时会想,他应该是在两年前看到那张照片之后,喜欢上了这座城市的模样:笼罩在冬天阴沉的暮色中,被夕阳染红的、宏伟的圣彼得教堂俯视着一切,每根搁栅在黑色的天幕上勾勒出红色的印迹,如同一道道火红的梭纹。

他和我都了解的这座城市像河滩,被卢瓦尔河以及艾尔德河那纤长的手指梳理着。河水退去时,在沙砾上留下了众多回忆。——雾霭弥漫、活色声香的嘉年华,在时而让人惊惶失措的城市中,只有想到它,只有在阴惨惨的中学"放风"时间让意识行走在它的边缘,我的心才会悸动。

* * *

1942年至1944年,在卡昂的两年里海距离我的住处只

---

① André Breton (1896—1966),生于法国,超现实主义创始人、理论家、诗人、小说家。

有15公里左右,但因为被德国占领,我一直不能前往。不过,我总是不由自主地朝着海滩的方向散步;从居住的圣马丁广场出发,沿着海边小铁路的终点站(当时已锈迹斑斑、杂草丛生,现在可能被拆除了),马上就可以看到遍布石灰岩的田野展现在眼前,山坡起伏不大,寸草不生,道路有时会半嵌入壕沟中。也许这条分界线正是我小说中由巡逻队开辟出来的、勾画出西尔特海岸线的原型。——比另一条路更不为人所知,看守也少——这条路在两年间,堵住了我去海滩的入口。1944年,夏季来临的时候,巡逻机每日盘旋在地区上空,但几乎没有投掷炸弹。我清楚地预感到,这块狭长而开阔的平原被发现后,坦克就会随之而来。于是,学士考试结束后,我没有逗留,在诺曼底登陆前的一个星期,带着所有的行李,骑自行车离开了卡昂。当时,火车和汽车已经几个星期不通了。

待到十月归来,我一有空便离开满是废墟污泥的城市,步行去向往已久的海边小镇朗格吕纳:这片人迹罕至的海滩,距离我住的地方很近,如此有魅力,却被封锁得如此之久,当时我感到缺少了什么,就好像人们用维生素饼干来调解营养不良。正值沉寂的暮秋,气氛阴郁而凝滞;即便黑夜尚未降临,也会感到周围暗沉沉的帷幕。路边,德军的炮台和空炮筒还在,到处是坦克的残骸。我穿过多佛尔-拉代弗朗德①,来到朗格吕纳镇吃午餐。诺曼底登陆后,这个小镇几乎被摧毁,小路上满是断垣残壁;在海边,能看到一座断成两截的掩体,顺着断裂的混凝土剖面看去,离地面1.5米的地方,有个穿甲弹打出来的洞,熏得黢黑,口径像个烟囱口。

---

① Douvre la Délivrande,法国北部市镇,位于下诺曼底大区卡尔多斯省。

灰色、寒冷的大海似乎戴上了风帽，拍击着这个城市的废墟，不似平日那么庄严，却显得畏首畏尾；那一场世界末日般的灾难遗留下的痕迹令大海失去了往日的威严，颠覆了人们心目中传统的秩序。因为，第一次造成如此巨大破坏的不是风暴的始作俑者——海神——似乎它只是踮着脚尖，压抑着声响，悄悄地来观察自己领地上发生的这场前所未有的暴行。

那一天，我走回卡昂，后来又去了朗格吕纳镇、吕克镇①两三次，总是步行：没有其他交通工具。然而，我总是会想起一次乘小火车返回，终点站在圣马丁广场后面：我甚至还清晰地记得，似乎是在某个黄昏的赛马会后，穿着节日盛装的人群在月台上等待火车回卡昂。这个挥之不去的记忆应该是错的：仔细想想，1944年后，人们不太可能恢复从前的海边小火车：当时有更紧要的事情。不如说这条普鲁斯特在书中有关巴尔贝克②（即卡尔堡③，就在朗格吕纳镇附近）的部分编织出来的小人国铁路，——本身就是想象的，第一次阅读普鲁斯特时它就吸引了我——由于地理上类似，加之我当时的疲劳，正好填充了记忆中的这个空白。我并不是第一次发现遥远的回忆容易受到文学想象的影响，当这种想象强烈地存在于人的思想中，甚至会让人接受时。如果这种想像正好与记忆中某条线索相符，那么就会起到修补记忆的作用。

* * *

我的窗户朝北，对着巴黎格勒耐尔街。从窗户望出去，

---

① Luc-sur-mer，法国北部市镇，位于下诺曼底大区卡尔多斯省。
② 普鲁斯特在《追忆似水年华》中虚构的一座城市。
③ Cabourg，法国北部市镇，位于下诺曼底大区卡尔多斯省。

眼前一堆乱七八糟、五颜六色的杂物,墙垣、壁炉、花盆、白铁皮屋顶和瓦片屋顶、电视天线。这堆东西曝露在阳光和空气之中,其组合随时间而变化,好像爬在船舷一侧看到凌乱的甲板。我站在窗帘后面,突然看到了忙着修理铁皮屋顶的工人充满诗意的、闲适的日常生活。他们借助固定在墙上的防滑钉攀援至檐槽。从后院开始的防滑钉在墙上构成了一条蜿蜒的攀登路线。他们很专业地忙活着。我后来看明白了:首先是先遣队的勘查,他们手上拿着尺,黄昏中,在屋顶的斜面上长久地争论着——在檐槽边安装挂着滑轮的X形木板,把地上的材料吊上去——工人们无精打采地工作、谈话、露天喝酒;休息时,工人们似乎在上演着一出戏,沉思着,斜倚着,似乎靠在舷墙上,而"舰旗"在罩着红罐子的烟囱里"燃烧"。他们的轮廓被夕阳映得通红。我看着锌皮反射出天空的色彩,温柔善感、多变,却又如此短暂,赫里翁[①]在一个系列中运用了这种色彩——我的朋友布吕耐[②]如今是这些画的主人。我观察鸽子的迁徙,它们整天地在屋檐、阳台和雕像间穿行,比潮汐的机理更复杂——某些烟囱和电视天线对一些独行的鸟类来说,有着神奇的吸引力。我注意到有一对歇斯底里的鸽子,每天清晨都用喙疯狂地啄扯对面邻居家窗帘上的细绳,这种行为持续一刻钟左右,不知是出于什么目的。

这块高地同其山肩、山体、山棱、山谷、山脊——我从格勒耐尔街荫凉笔直的峡谷里望去似乎触手可摸,高地深处却目不能及,只能听见从远处传来湍急的车流声——完全沐浴

[①] Jean Hélion(1904—1987),20世纪30年代法国几何抽象绘画的领军人物。
[②] Roger Brunet(1931—),法国地理学家。

在阳光中,好像悬在由树林构成的绿墙上方的空中露台。因为冬天而减慢的生活节奏,又因为煦日的到来而被激活、加速。在堆积着层层杂物的屋顶,在用板岩加固的塔楼上,一扇阁楼窗每周会开启两三次,那是某个年轻女仆或佣人的窗。她的眼神忧郁地扫过空荡荡地锌皮屋顶以及后院的水井,搜寻着某个心上人。她那么远,那么高,那么孤独,那么不受关注,让我想起梅尔维尔的《广场故事》(*Contes de la Vérandah*)①。他被遥远的山中小屋以及灯火通明的玻璃窗引诱,于是放下一切,穿越千山万水去寻找。我试着想象一所住宅的内部装饰,它似乎位于我窗户对面偏右一些,它的布局让我着迷:这所住宅占居建筑的最高两层,内部应该有一架连接、窄而高的房屋内部的梯子。想到能够在这样一座小屋里往来自如——屋子虽然小,但拥有一小段、装有玻璃窗的走廊,像一个未成形的暖房——并且通过一条私人楼梯任意上下(自童年始,楼层对于我就是一种特别的标志),这是所谓的"完整房屋",却高高凌驾于脚手架之上。被分割地好似儒勒·凡尔纳笔下的空中庄园——这种想法让我沉浸在愉快的家庭幻想中。我时常会在穿马路时,礼貌地向那位独居的夫人致意,她可爱又成熟,总是出现在窗后,那是一幢世间少有的住宅。这种沉默的礼节性问候让我幻想起在某个"铅弹"社区组织起一种轻松、随意的社交生活,高高悬浮于深谷泥泞的路面之上,保留着一点纯净的贵族气。往左看,带有"色情"意味的画面——羞涩地躲在屋里,远离人的视线——藏在窗后,夏日午后的炎热使里面的人半掩着白色

---

① Herman Melville (1819—1891),美国小说家、散文家和诗人。《广场故事》是其作品集,于 1856 年出版。

的窗帘：两个年轻女孩，优雅地站在里面，在衣镜前，相看彼此成熟的风韵。

正午前，笼罩在屋顶上的轻快、散漫的欢乐消逝了；太阳直射在层层叠叠的围墙上，部分在屋顶第一层的雉堞处重合，好似剧院的台柱；一束白光突然映出了这些围墙的影子，天边带着淡紫色：光线笔直射下，吞噬了阴影。透过窗帘，我即便不看也知道一天中最荒芜艰难的时刻已经遽然降临到城市，就好像失业后最难熬的时光。然而，一到下午，太阳还没下山，令人浮想联翩的时候又到了，这是一天中的波德莱尔时刻："煤烟汇成的河流升上了天空"——柴油燃烧产生的烟吞噬着锌皮，颤抖着从金属烟囱中慢慢地渗出来——阳光斜射过来，墙忽然变得坑坑洼洼，泛着黄色，质地似乎很柔软，被施了魔法一般。

傍晚的太阳，流光溢彩，美不胜收……

路边的峡谷里，商店点亮了灯，完全沉浸在黄昏中，但是山顶仍然长久地沐浴着日光，山肩以上镀了一片金色，这些光线依然射到了微微倾斜的屋顶和烟囱上，似乎给周围平添了一种热情高涨的愉悦情绪、天空失去了颜色，撒落一片灰蒙蒙的阴霾；先前的景色未得到延续，而沉思的情感也了无踪影；玻璃窗前只剩下一幅平乏无味的画面，在窗帘后慢慢褪色：这时，一出由排水沟、阁楼以及烟囱不经意间上演的戏卸下了帷幕：是时候开灯了。

* * *

村庄里房屋的简单分布让我瞩目，也总是让我着迷，因为与那种排满房屋的路或者永远呈星状的街道不同。在玛彦、费德伦、布里埃尔①,房屋松散地围绕着环形公路,朝向中心草坪;在阿尔尼、阿登地区,草地面积宽广,呈四边形,四周围着少量房屋,城镇的规模也因此缩小。这是黎塞留②的、符合笛卡尔③哲学的、几何对称的小城所谱出的路易十三随想曲,又酷似在偏僻空地上,石化的海星状洛克拉瓦城④。

首先,这类似于自然界的环形礁,由人类有组织地聚居而成,因而令我着迷:围绕着一个中心湖排布的房屋构成一个环形或四边形,公共区域中的道路通向各个方向。居住环境按戏剧规则调整,和其中所有的房屋相应,这个设计观念与一种令人愉快的布局相关。在其中,人每时每刻都与他人息息相关——程度更甚于与亲属或邻居——真是一出戏(意大利戏剧的背景摆设已经反映了这种观念:布景的简单随意已经能在舞台上制造戏剧效果)。在街道呈星形的村庄中,我们觉得社会凝聚力不是聚合的,而是随着延伸的道路分散;相反,这里却令人想到圆形的透镜,将生活集中在一户家庭中。

人们似乎会认为社会生活集中而活跃的广场是天主教以及地中海沿岸的偏好,相反,多颖的新教个人主义则表现为挪威那种分散无序的房屋,以及美国那种缺乏脉络联系的格状分区。这是大胆的设想,但并不是没有可能。

---

① 地名,位于法国卢瓦尔河口北部。
② Richelieu (1585—1642),路易十三时的枢机主教(红衣主教),枢密院首席枢密大臣(首相)。
③ René Descartes (1596—1650),法国伟大的哲学家、物理学家、数学家、生理学家。解析几何的创始人。
④ 该城位于香槟-阿登大区,以星形的防御工事闻名。

*　*　*

6点钟,日光下的萨莱尔熔岩高原:没有植被、曲线柔和的斜坡向上通往火山口。太阳不仅射在不甚向阳的圣佛尔高原之上,还为其镀上了一层干草色;草地闪着光,像是纯种马亮滑的毛色。牧场之夜很宁静,带着家庭的气息;奶牛挂的铃铛有时会发出轻轻的响声:没有什么比这样牛铃作响的梦幻田园更清新朴实了。早晨,浓雾弥漫的山谷中,在我窗前陡峭的草坡上,牛儿们抬着头,依次排着队,一动不动,像是悬崖边的海鸟。石屋半掩在草丛中,这是为牧场上的"异教徒"们设置的礼拜堂,里面是草原的居民,摇着铃铛:白色的牛奶在木柴燃起的火上凝固成干酪,像是草的汁液。切断干草,它的气味充斥着整个地方,从整块草地中蒸腾出来,比丛林的味道更细腻、更单纯、更醉人。

康塔勒的山峰:一座座金字塔般的小山,四面山体汇成一个山顶,恰好坐落于绿毯铺就的山坳里。

位于普罗旺斯上游的罗纳河谷是过渡地区,少有暴风雨,所以并不属于典型的南方。这个河谷不再只是交通要道,而且汇集了公路、铁路、高空电网、输油管、水坝、水闸以及分流的河道。工业废弃物、汽车尾气和水泥粉末扰乱并污染了大自然。放眼望过去,蒂瓦尔山脉烟雾弥漫,似乎是屏风上的一幅画,画布边缘呈锯齿状,没有纵深,薄雾缭绕,带有非写实的中国画效果。这是自然随意幻化出的图景,无足轻重而且脆弱,而自然也随时面临着推土机的破坏。

傍晚,沿着罗纳河在拉弗尔特镇上散步,这里有一条笔直的水泥河岸;桥梁、高架桥、新的居民区也是水泥的;一条白兮兮的东西,像是乳品厂的垃圾,流进停滞不动的河中:我们处在新贝勒罗日河段,化学污染的重灾区。对面,似乎是一座无人居住的小岛,覆盖着粗糙蓬乱的植被,矮密的灌木从水泥堤坝中长了出来。与其看着这条河——不,是肮脏的死水——以及这种生长在混凝土废弃物中丑陋的植被(多亏人类,植物界中也有了贫民区),不如回旅店睡觉。在河滩上不能睡个好觉:罗纳河不再能让人甜蜜地睡去,就像它不再咆哮那样,只剩下两岸来往不断的运输工具,

* * *

我不喜欢沃克吕兹①的小平原,就像我不喜欢鲁西荣②的平原。土地被分割成小块,太小,太分散,一点都不协调;不像荷兰平原那般辽阔和绿意盎然。

这不再是农村——这不是花园。"经济效益"可耻地贯穿在整个农业工厂中,与传统的经营观念相抵触,后者需要爱心、无私奉献、不计时间。蔬菜、果树在这里全成了钱,因而变得枯萎、了无生气。尽管得到灌溉,令人费解的是,植物像是缺乏水分:这里并没有"果园"和"菜园"这两个词所能令人联想到的柔软多汁的植物。

这是郊区,生长蔬菜和果实的区域,带着"果实"这个词所包含的堕落及可耻的功利性。几座崭新的丑陋小屋散落在樱桃树和桃树之间,把树木变得灰扑扑的。

树也不再宠幸这个富饶却没有收益的农村。它们有时被用作抵御西北风的屏障,有时又被分成几丛,松散地捆扎着,撒上水,削去末端,铺在花园里;这里还种着与周围环境

---

① Vaucluse,法国省名,位于南部。
② Rousillion,法国西南部地区,临地中海。

特别不协调的植物,如喜光的柏树、柽柳、悬铃木、喜湿的柳树和杨树。

芦竹杆:来自异国的"不幸的仿制品",像竹子,却太柔软;像甘蔗,却无甜汁。西北风把没有颜色的茎秆吹得东倒西歪。

中午时分,天空呈瓷蓝色,阳光强烈,西北风咆哮。置身于孔塔①的景色中(还是非常美丽的),我感到在令人愉快的表面下有一种明显的敌意。在阿维尼翁②的宫殿里,在艾格莫尔特③的塔楼里,在本地人空洞的善意里(我称之为南部冷漠的心),我甚至感到痛苦。

沃克吕兹喷泉:从漂着水仙绿色长发的泉底,直到海神黑色号角的上端,两百米的距离中回响着一串串清新的乐音。

* * *

卡朋特拉斯④:巴西斯大主教宫。宽敞的罗马式宫殿,呈方形,石块光洁冰冷,只有一个阳台,位于高高的门楣之上。地方行政官会在节日以及五十周年大赦时给阳台的栏杆铺上漂亮的红布。位于犹太区的犹太教堂:像被诅咒的、怏怏不乐的雄辩家,又像降职军官一样失去了身价,躲在角落里,如同一所可以祈祷的收容院。

* * *

阿维尼翁的教皇宫。井状的房间,宏伟却不舒适,房梁

---

① Comtat,沃克吕兹省的一部分。
② Avignon,法国南部城市。
③ Aigues-Mortes,法国市镇,位于朗格多克-鲁西荣大区。
④ Carpentras,法国市镇,位于沃克吕兹省。

和石块裸露着,塔楼似的窗户非常狭小。教皇的房间尽管有着壁画上的树木、鸟儿和松鼠,却不像休息之所,而更像一个寂静、黑暗且潮湿的山洞,或是被墙围起来的监狱。在我去过的所有城堡中,没有比这里更能表现中世纪冰冷严酷的生活了。从这里,我预料到一个快乐的、热爱美术并且对生活好奇的文艺复兴:事实上,我们在这些纪元的时光中后退:这是一处森严壁垒的污秽之地,危机四伏不断遭受罗马野蛮人的复仇①,法国国王的重税、瘟疫以及盗贼的威胁。教廷将自己关在这个沉重冰冷的石狱中,此处与其说是赦免罪行的避难所,还不如说是某种阴郁的猛禽的巢穴。

《历代传说集》(Légendes des Siècles)②中最具有该隐③特征的场面:这些不通人性的石头首先让我想起了《艾维拉德努斯》,又称《法布里斯侯爵的信心》④。如果说教廷和修道院的克吕尼思想体现在粗糙的建筑和监狱式的苦修中——那么与这些用于祈祷的沉重堡垒相比,以阴森可怖著称的埃斯库里亚尔⑤兵营,反倒带着点路易·菲利普时代的轻浮之气。

* * *

战前,每当乘火车返回居住地坎佩尔,即将经过罗斯波尔登⑥时,我会用鼻子贴着窗,看着这座小城市前面的池

---

① 指 1378 年—1417 年的天主教会大分裂。当时在罗马和阿维尼翁分别立有一位教宗,他们受到不同政治势力的支持,相互攻讦。这场宗教纠纷最终演变为政治危机,并影响了英法百年战争。
② 雨果著名的诗集之一。
③ 亚当与夏娃的长子,后因为嫉妒杀死其弟亚伯,成为邪恶的代名词。
④ *Eviradnus ou la confiance du marquis Fabrice*,《历代传说集》中的一篇。
⑤ Escurial,西班牙市镇。
⑥ Quimper 与 Rosporden,法国市镇,位于布列塔尼大区。

塘向后退去:岸上,一位制绳工人用绞车和木托架沿着水面拉制着他的产品——这也许是法国最后一位制绳匠。于是我想像着,卢瓦尔河一带,在大革命前很长一段时间,直至上溯到我曾祖父那一辈,那些世代相传的纱厂主应该是用种植在卢瓦尔河谷以及诸小岛上的大麻来制造绳子。十五、六年前,我在圣弗洛朗看到最后一家这样的厂关闭了,他们当时大概仍然在法国加工大麻;就在几年前,巴塔耶兹岛的田野里已不会在几个星期内生长出这种暗绿色的小乔木。它带有奇特的芳香,会给山谷增添热带植物特有的繁茂气息。秋天的卢瓦尔河边再不会传来沁人心脾的香气,一切已无迹可寻——因为本没有对香气的记忆,是它使人重拾回忆。一垛垛大麻被沙袋压着,沤在水中,农民们赤着脚骑在上面,把麻垛像木筏一样系在岸边——这种长伴我左右的香味和柏树的落叶一样,也许不会再沁入我的鼻子,而这就是秋天的味道。

* * *

围绕王公贵族的宅第兴起的城市:凡尔赛、尚蒂伊①,高傲的(为了像蒙泰朗②一样说话)贵族,穿着条纹坎肩,官邸堂皇,前呼后拥,目空一切。这里有兵营和马厩,有放置衣物或豢养猎犬的附属建筑,有宫内侍从的府邸,以及被国王专道贯穿的零散区域,但其中却没有一丝灵魂。这是仆人们的居所,他们或被授予爵位,或者没有,在等待铃响的时候同样坐立不安。我觉得在这里生活很难:如何能够自在地住在城

---

① Chantilly,位于庇卡底大区。
② Henri de Montherlant(1895—1972),法国小说家、剧作家、法兰西学院院士。

堡的门房间,即便房间很宽敞舒适?

我在凡尔赛城堡和公园里逛了三个小时,一直走到王后农庄①和小特里阿农宫②。城堡和公园的生命力并不在于对伟大国王的纪念,而在于铭记卡马尼奥拉③盛行的时代下,可怜的农民和牧民最后的岁月。并且,特里阿农的幽灵传说也带有几分真实——象征性,在凡尔赛唯一真正阴魂不散的是王后。

路易十四时代没有如此沉重、芬芳、隐秘而奢华的绿荫。在他统治的末期,宫殿墙上的石灰泥还未擦去。公园里的植物还很低矮,密密麻麻,我觉得它们带有某种军队般无情、严厉的特征,就像是房间里随处可见的反映战争的图画。凡尔赛的草木不甚繁茂,或者说至少被修得整整齐齐,在维朗德丽城堡④和尚博尔城堡⑤之间,与前者更相似。但是1789年,铜器开始生锈,雕像长出斑点,百年老树彻底成熟了——死亡的黄金时刻在十月生长发芽⑥。

法兰西岛怒放的绿色与其他颜色融为一体,灌木丛里的鸟鸣也和断头台上的咔嚓声相映成趣:宫殿并没有失去光彩,嘈杂的人群为它加冕,即便已经过了两百年,它似乎仍然逗留在钟摆停止的那个瞬间。

---

① Hameau de la Reine,小特里阿农宫的附属建筑,是路易十六的王后玛丽-安托瓦内特在凡尔赛花园中兴建的一座小村庄,清新、质朴,与冷酷、压抑的凡尔赛宫形成鲜明对比。
② Petit Trianon,凡尔赛的一座宫殿。
③ Carmagnole,法国大革命时期流行的舞蹈和歌曲。
④ Villandry,建成于1536年左右,是文艺复兴时期修建于卢瓦尔河谷的最后一个著名城堡。
⑤ Chambord,兴建于1519年,是卢瓦尔河流域最壮观的城堡之一。
⑥ 1789年,巴士底狱陷落后,10月,法王从凡尔赛迁居巴黎。

* * *

昨天再次翻开莫里亚克①的《内心回忆录》(*Mémoires Intérieures*),——因为地域临近——我又想起朗德省的公路。我在这条公路上经过六七次,每次都发自内心地感受到一种通往幸福的心绪。我不怎么喜欢公路所通向的地区,因而这种心绪显得很莫名:无论是巴斯克地区、坎特布雷克②海岸,或者大西洋沿岸的比利牛斯山区,都令我感到厌烦。然而,其他任何一条公路都不曾带给我这样的感受,从苏拉克到奥斯格尔这段路,对我来说具有特别意义。阿基坦天气炎热,日光充足,气候较为湿润,黄昏时分的天空格外澄净,像被清洗过的玻璃窗;这里的味道令人心旷神怡,是从童年起就闻到的树脂味;长而笔直的道路吸引着我,树木远远从旺代-蒙塔利韦③开始排列在路边;这一切都像迷药,使我沉醉。不仅如此,这里之所以迷人,是因为人为的痕迹不明显,而在法国仅此一处。房屋如此少,分得如此开,彼此间隔距离很大,一点儿也没有破坏树木的空间:夜晚,如果有人露营,人们会把帐篷误以为是砖或泥砌就的房子。这些被我们称为"穷乡僻壤"的林间小村还没有街道——也没有篱笆;房屋就建在草地上。没有马厩,没有犁,没有马车,没有拖拉机,没有切割机,也没有家畜和家禽:法国其他地区再也找不到如此悄无声息的小镇;这里的生活就像是穿上了毡鞋,如

---

① François Mauriac (1885—1970),法国作家、法兰西学院院士,于1952年获诺贝尔文学奖。
② Cantabrique,大西洋沿岸一带的海域名,在西班牙比斯开湾以南。
③ Soulac, Hossegor, Vendays-Montalivet 三者均为法国市镇,位于阿基坦大区,濒临大西洋。

履薄冰似地在地上滑行而过,不留踪迹;其他地区的田地里充斥着现代化农业机械所制造的刺耳噪音和漫天尘土,而这里的劳作则让人想到某位家庭主妇静静地在宽敞的屋子里忙活,她的手滑过家具表面,轻柔地抚摸它们,生怕将之惊扰:这里只是半青半芜的园地,几个若隐若现的森林之神在一日复一日的慵散中将之清理、翻新罢了。

村庄:刚走到村口,就闻到新鲜树木散发出来的果香和干净的味道;房屋彼此间隔较大,屋前有个小花园,像个美国式村庄。教堂墙壁涂着灰泥,样子很普通,可能是上世纪修建的。然后,树林前面的那些村落,无人居住,没有从田野返家的农夫,没有家畜的蹄声,也没有市场,似乎开荒者们约好了玩忽职守,无人看管的树木长得过于繁密。这儿的日子过得没有节奏,时间流过沉寂的村落,从来不提醒它的村民们劳作、集合或是祈祷。树木厚重的枝叶刺穿了他们的屋子,这些由砖、木、泥等简陋材料搭成的房屋,比起其他地区更容易被毁坏。历史滑过这片贫瘠的沼泽,就像掠过萨瓦纳草原的风,没有留下任何声响;它那沉睡的、失忆的孤独,在泛光的灌木丛上从未留下任何明显的印迹;这块土地上没有什么可以持久,仿佛针悄然无息地落在沙上,风习习拂过松林。

似乎只要在这些令人昏昏欲睡的树林中稍事休息,您就会摆脱莫里亚克式的愁绪。但是,沿着公路前进,尤其在黄昏时分,西归的斜阳和拉长的影子把公路变成了黑白琴键,这时,沉寂的村庄就在树木的芬芳中入睡,如同它们在朝露中苏醒一般。这里萦绕着岁月带来的空灵,人们只是希望这些山谷中含苞待放的罂粟花,这些被人遗忘的、好客而慵懒的小村庄以月份的更迭和生命的兴替来命名,正如加拿大纯朴的山村,"矢车菊的圣约翰"或"冰融期的圣罗斯"。

在这条"湖滨"公路上,没有十字路口,或者说几乎没有:这和科西嘉以及瑞典的公路相似,它钻进松林,没有分岔,鳞光闪闪,颜色是天空和板岩的蓝,像极了沙漠中的尼罗河。公路右侧不时会出现一条通道,长且直地通向那些沙丘;几公里以外,依稀看到松树矗立在蓝天下,这儿的天比别处更干净,封锁壕的背面,线条僵直凝固;眼睛扫过突然倾斜的树林表面,那绿色比灌木丛的颜色更浅更嫩。十五年前,有些小岔路,把树林拉出一个十公里长的口子,最后却不知不觉陷入死胡同,面前是杂草丛生的沙丘,风呼啸着,把上面的沙子从茅草间席卷下来;越过沙丘,迎面一道强烈刺眼的白光,往下看去,可以看到巨大的压路机在了无边际的沙漠里来回,就像在澳洲海岸的信风之中。

在法国,没有别的地方会像这里,各种伟大的自然元素——简单排列,一望无际——浑然融为一体,带着天然的纯洁,让人觉得身处非洲的红树群落,又或是巴布亚的沙滩:没有海湾,没有岩石,没有火山口,没有海岛,没有灯塔,没有田野,也没有盐田或渔场,只有森林、沙滩和大海。九月的一个傍晚,太阳将隐入纯净的天空沉睡,我和B君一到达琵拉①就去爬那座大沙丘,如果还在上个季节,这里早就荒无一人了。从海上吹来一阵晚风,寒冷而提神。沙丘的顶很圆,像孚日山脉的球峰,从那里,从那座纯净洁白的山上,我们只看到一望无际的海,右边是蓝色的海,左边是绿色的海。沙丘在傍晚习习吹来的海风中,像撒哈拉沙漠一般"冒着阵阵轻烟",风似乎眩晕着,吹着薄薄的一层沙不停地滑过。我

---

① Pyla,欧洲最高的沙丘,位于法国阿基坦大区。

看到B君在我面前脱下鞋,跑了起来,沿着沙丘顶跑得气喘吁吁,头发凌乱,脚踝边一小撮沙子随着狂风飞舞,陷入一种莫名奇妙的陶醉和纯真状态中。

途中绕过阿卡松①盆地,这使原本愉快的公路稍稍带上了点不合拍的音符:据说,由于某种失控的欲望,使得树林荒无人烟,而中了魔法的海滩成了这片死气沉沉一望无际的泥滩,难以走近。我们经过阿瑞斯或昂德尔诺斯②时,看到公路岔出去的林荫道通向田野边缘,田里的积水似乎还未排出;小木桩、生锈的铁盒、几块破钢片横七竖八地躺在淤泥里,像是被山洪冲刷过;周围一圈房子,连绵四十公里,构成了一道篱笆,紧紧围着这个泥塘,似乎为了仔细闻沼泽的发酵味。

但是,拉泰斯特③已经消失在视线之外,于是我们直冲向南方;公路的魅力又回来了,漫长而单调的路途增强了这种魅力;和以前一样,但有了细微的改变。到目前为止,旅行者的主要感情还像是一座森林公园,阳光充足、令人愉快、四通八达。现在,景色里传来一个更洪亮低沉的音符,人们在听到"旷野"(Grandes Landes)这个名字时就已经领略过了。"旷野"用来指树叶最稠密的树丛,迷宫的中央,说到底,就是森林的心脏。英国人口中的林地(*wood land*),与其说是森林,还不如说是一片林区;当我们在一片开垦过的平原上,沿着田野——麦田或玉米地、亚麻田或甜菜地——散步,会发现它的层次和颜色随着所种作物而不同。这时,我们正在庄稼中间游走——广袤的田野,面积以平方公里计算——这里的松树林一望无际,根据生长年限被分成几块,从刚被火

---

① Arcachon 盆地位于法国阿基坦大区。
② Arès 与 Andernos 同为法国市镇,位于阿基坦大区,濒临大西洋。
③ La Teste,阿基坦地区的城镇。

灾钙化的沙土地,一直延伸到钙化已久的沙漠,干燥而蜿蜒曲折,途中还经过嫩绿色的苗圃和稀疏的砧木林,后者整齐地排成一线,像是露营地的帐篷。而已长成的树木则欣欣向荣,躯干上满是成长过程中留下的疤痕。这里不是原始森林,而是刻板的树林,各种绿色夹杂在一起,树木依据树龄排列,令人仿佛置身于种族主义的绿色斯巴达,并且这个树林同时展现了其中的物种由生到死的各个方面和各个阶段。这是松树之城,带着某种征服者的、正规的、军人的特质——人工栽培,管理有序,似乎是为了指挥军队战胜沙漠之国。

我们就这样朝桑吉奈和帕朗蒂①前进,这段路似乎在山脊上,视野开阔——这里比别处更荒芜,一些巨大的方形空地往下陷着,大概供军队专用,风呼呼地吹,远离高处大海的喧嚣——在这寂静的中央高原上,地方更通风,阳光更炽烈,池塘更大,村庄更偏远。自从人们来到博尔纳②,森林不再井然有序,不再保持原来的距离:大部队扩大了树木的间隔,让原本布局紧密的树林中有了缝隙,就像罗马的北欧雇佣兵团南下到庄园里收葡萄。有着好听名字的利-密克斯村,沿着公路一字排开,村里的房子静静地隐在橡树下。茂密的叶子低垂,遮蔽着绿得耀眼的小草地,狭窄的林中空地通向松树丛,那里到处都是玉米地,沙地里还有几排葡萄藤;卢西塔尼亚③炎热而湿润的阳光已经照耀在树林的南边,树林面积越来越小,变得狭长。当黄色的阳光在夏季炎热的白昼穿过枝叶,会让草地带上黄色,与众不同,这时的阳光带着果味,非常柔和。没有什么比看到奥斯格尔湖和湖畔静谧的

---

① Sanguinet 与 Parentis,法国市镇,位于阿基坦大区朗德省。
② Born,朗德省北部沿海地区。
③ Lusitanie 罗马人建立的行省的名称,位于今葡萄牙中部。

别墅更令人感到悠闲从容了。这些别墅掩映在枝叶中,在湖的两岸成双成对地迎接着您,就像是黄昏下,一整村人在自家门口坐着乘凉。

* * *

阴天,我在朗德地区的森林里开了四小时车,从奥斯格尔到格拉福岬角。荒地的静寂一直蔓延到村庄:昏昏沉沉地在某个偏僻的咖啡馆里坐上一会儿,似乎能听到树枝生长的声音。路上没有行人,没有牲畜,没有拖拉机,也没有板车的声音:只是不时会有一辆卡车经过,载着带皮的原木,颠簸着离开这片树的海洋——这卡车几乎是自动的,没有人力控制,就像水从湖的溢流口倾泻而下。

* * *

米勒瓦什高原①的宁静令人愉快、轻松:清澈的小溪潺潺流动,山坡上长着紫色的欧石楠,森林沐浴着阳光,小公路在这片天然的树林里,只是铺着柏油、蜿蜒曲折的小径而已。没有人,没有房屋,没有田地,没有牲畜,只有溪水在石头上汩汩流动的声音,微风习习,天际望上去仿佛触手可得,空气流通——这是一块耸立于农田之中的高地,就像海上升起的岛屿。这里的生活不会让人觉得艰难,也不会令人感到伤感,只是单纯的生活,享受着清新的阳光和潺潺流水。每当想到《失乐园》,我总会固执地联想到这种朴实清新的状态:在这样的景色中流连一整天,似乎仍然是早晨十点。

鲁西荣平原上平淡无奇的村庄:房子很大,门却很小,墙

---

① Millevaches,位于法国中部,是中央高地的一部分

上涂着赭石色或淡粉色的泥层,一幢贴着一幢,和洛林地区的村庄相似,马路没有人行道。整个平原像一座花园,但这些房屋对此不屑一顾:路边没有花,绿化很少,一股酒气从这些阴暗凉爽的房子里飘出来。

富耶峡谷①:南边,石灰质荒地的石牙嵌在"牙床"上,粗粗矮矮,呈锯齿状;北边耸立着科比尔山脊,脉络纵横,像一把折扇:山谷里,岩石犬牙交错,格里比斯的要塞瞭望塔高高矗立。随着基朗山势的增高,山口越来越开阔,形成一条长满草的宽阔山路,夕阳在上面投下自己的影子;路的尽头,是皮韦尔要塞的方形高塔;到处长满深绿色的杂草和大西洋地区常见的蕨类植物。

阿尔贝尔②:这里有玛德洛克塔的阳台;山高 300 米,很幽静,褶皱横生,散发着花草的芬芳;有时,视线在一条窄路的转弯处垂直而下,能看到一个荒芜偏僻的山谷,石灰地的条纹中散落着三两幢房屋,粉色的屋顶,像几个龟壳。

这是地中海地区的山,没有蝉鸣,也没有丛林特有的树脂芳香:套在玻璃罩子里的南方景色,这里的阳光并不会招来翅膀扑棱的昆虫;水流也不湍急,人在里面就像在浴缸中一般。这里的自然环境很悦目,但平淡无奇,缺乏一种难以言说的元素;位于托尔托萨和塔拉戈纳③之间的加泰罗尼亚海岸给我留下了同样的印象,没有芬芳的气息。

* * *

上个星期,在去圣-日尔曼-昂莱吃午餐的路上,坐在郊

---

① Fenouillet,位于朗格多克-鲁西荣大区。
② Albères,比利牛斯山东部的高原。
③ Tortosa 与 Tarragone 均为西班牙东北部城市,位于加泰罗尼亚地区。

区的火车里欣赏窗外的风景,我头脑中忽然闪过"冬季旅行"这个字眼,并且勾起了与这个词相关的所有美好联想。这是个神奇的词,不知为什么,我总把它和德国联系在一起,而且我更喜欢这个词的德语形式:Winterreise。雪慢慢地融化,只在田间凹陷处留下弯弯曲曲、断断续续的白线,像是书写的痕迹;融雪的天,阴沉沉的,300米的远处已经模糊。我眼前掠过一个景象:勒维西内镇和勒佩克镇①的别墅,湿漉漉的,门前都有个小花园,园子里有些黑黑的干树枝;栅栏之间的林荫道很湿,空无一人,似乎只有从树枝上滑落的水滴才能打破宁静;肥沃的腐殖土,上面种的蔬菜被冻伤了;然后是圣日耳曼的平台,花园所在的斜坡被雪镶上了银边;广场上长长的栅栏,下面是紫色的灌木丛;没有颜色的塞纳河,对面的河岸很平坦,在雾气缭绕中像一片大草原。这寒冷而静谧的郊外让人油然而生一种亲切温柔的感觉。我想象着,在冬季的某幢别墅中,躲着一对情人,在风雪黄昏中忘记了时间,伸出冻僵的手拉开窗帘,看着湿漉漉的树枝、宁静的雪景、白雪覆盖的黄杨、花园栅栏上生锈的信箱,只有信箱里露出的被打湿的一角白纸才让人意识到早晨已经过去了。这不是白天——一切都是静止的,一切都不真实——这只是一次小小的失眠。拉起窗帘的手又放下了,才分开一会的身体又在凌乱的床上纠缠在一起;整整一天,万物巨寂,只有欲望之潮翻腾着,然后在天花板的雪色微光中流动。

这些火车经过的地方,天空阴沉,日照时间很短,埋没在白雪和浓雾之中,却有着一种非物质的、几乎带有暗示的魅力,可这种魅力从何而来?也许来自这个季节里人类居住的

---

① Le Vésinet 与 Le Peca 均位于巴黎大区的伊夫林省。

地方吧:小城区里的屋舍和旅店紧紧挨着,在黑夜的侵袭中门户紧闭:每座我们进入的城市、每扇锁上的门,在黄昏寒冷、黑暗的虚空后,靠一把神奇的锁来掌握光和热,这简直可以写入圣诞童话中了。我们穿过死寂的土地,从一家走到另一家,心灵因为雪的融化而变得温暖,就像流浪者从一口井走到另一口井。

* * *

十月末。之前已经四个月没下过雨了。花园里,雨后,小灌木的叶子直直地垂着,萎靡不振;所有花坛都开着花,仿佛盛夏季节。自仲秋以来,天气很好,一直温凉适度,天色澄明,沐浴在黄色的阳光中。这个秋季一直很好地延续着暖和或者温和的日子。前天,从巴黎开车回来的路上,我在田地中间一处"驿站"午餐,靠近乌祖维-勒马歇①:透过玻璃窗,我看到眼前大片黄绿夹杂的博斯平原②,一直延伸到地平线,其间没有任何树木和篱笆。离我两公里的地方,是村庄的边界,也许是某个博斯村庄,封闭偏僻,不好客,即便在太阳底下从村中穿过,也会感到阴郁之气。但是,远远看去,这个村庄在绿色植物以及鲜花的波浪中显现,充满了魅力。更远处,5、6公里开外的地方是一片森林。只听见薄雾中蟋蟀的鸣叫,只看到阳光;似乎能听到太阳的脚步声。

在这样的季节,这样的日子迟迟不肯离去,陶醉又宁静,令人想起爱情中那种令人狂热又被人谴责的氛围,并且使人意图颠倒波德莱尔的诗句:哦,危险的女人,哦,迷人的气候。

---

① Ouzouer-le-Marché,法国市镇,位于中央大区。
② La Beauce,法国西北部地区。在巴黎西南和奥尔良森林之间,为法国传统大谷仓之一。

这块土地似乎在某个庄严的迹象面前受到了触动：这些就是它的王国，浮尘在金色中飞舞，人们孜孜不倦地来参观它们、清点它们、保护它们。

* * *

拉兹岬角①。我第一次来这里是 1937 年 10 月的某天（是我在阿尔摩里克地区度过的第一个秋天），当时布列塔尼整整晴朗了一个月。我在坎佩尔登上客车；车子停靠比古丹地区的几个偏僻村落后，旅客越来越少。经过布洛戈夫②，车上只剩下两个乘客；那天谁都不去拉兹，而太阳开始西沉：在这金黄色的暮色中，一丝难以察觉的雾气弥漫开来，岬角的秋季几乎天天如此。阳光，正如兰波的诗——像我和 B 君一年秋天在圣安娜-拉巴吕沙滩上看到的——"黄得好似葡萄藤上最后的叶子"。减轻负担的客车像一片羽毛般升了起来，向岬角高地上最难爬的斜坡发起挑战——这里没有旅店和停车场——突然，原本一直在左边的大海冒到了右边，朝着特雷帕塞湾和旺恩岬角奔腾而去：就这样，我感到呼吸困难，胃里泛起一阵恶心，是晕船的症状——一瞬间，我感到欧亚大陆完全、真实地出现在身后，而自己像是上了膛的炮弹，突然被发射出去。我从来没有在其他地方感受过这种突如其来在空间中飞行的感觉——陶醉又愉快——此前，我并没有这样的期待。

和拉兹相比，圣马修岬角③就不怎么样了。早几年——1933 年——我曾和 L 君从圣伊夫出发，去康沃尔郡的兰兹

---

① Le Rez，位于布列塔尼大区。
② Plogoff，法国市镇，位于布列塔尼大区。
③ Pointe Saint-Mathien，位于布列塔尼大区。

安德角游览。当时的记忆和眼前的景象不同:这里像一座巨大的岩石堡垒,山棱交错,令过往旅客望而却步。与其说它是一座山,不如说是一座城堡,就像我们在克罗宗半岛上看到的迪南城堡,但是这里更宽广:与菲尼斯泰尔省①相比,这里是偏僻无名的边境,雾气弥漫、寂静无声、海鸟盘旋,仿佛旧鸟粪堆积而成。

拉兹岬角那动人心魄的美来自变幻莫测的背脊,它遍布裂痕,山石嶙峋,并不位于海岬的中央,而是如一截突然转弯的鞭梢,气势汹汹,蜿蜒而去,忽左忽右,最终斜插入海中,仍旧生机勃勃,如一架犁车在拉兹-德-塞恩②的海潮中耕作。矿物在山脊的挣扎沉溺中生长、翻腾着:这是四分五裂的岩石王国;正被湍流冲击的土地到处戳起了自己的棱角。

自那以后,我又先后四次来到拉兹。有一次,是和坎佩尔市国际象棋协会主席一起,陪同著名棋手泽诺斯科-波罗夫斯基③驱车前往的。因为我们邀请他来坎市参加会议以及出席一对多的棋局;他的胡子修得像一把刷子,看上去友好、礼貌而谦虚。不知为何,回想当时,他侧身站在悬崖边,看着南边的地平线:在这样的场景中,我感到一种无可名状的、不自在的感觉。他一言不发,也许,在这高处,回想着曾经击败卡帕布兰卡的功绩。

我每次看到这个岬角,都是同样的时间,同样的光线:宁静温和的天空,阳光透着薄雾朦朦胧胧,就像莱蒙托夫④的

---

① Finistène,法国省名,位于布列塔尼大区。
② le Raz de Sein,塞恩岛和拉兹海角之间的海峡。
③ Eugene Znosko-Borovsky (1884—1954),法国国际象棋大师,原籍俄国。
④ Mikhaïl Lermontov (1814—1841),19 世纪俄国继普希金之后的伟大诗人。

诗:"海上青雾中一张孤帆兀自发白"。每次,我都觉得是陆地在它的尽头颤动,而不是大海。我看到的拉兹只是微笑着,被人鱼的歌声环绕。我总是带着遗憾离去,又终会折返回来:这块土地在它最后的延展中怀着强烈的欲望,那就是走向太阳沉溺之处。

* * *

雷岛①:海水使它远离工业污染,依然耸立的沙丘又隔开了海边的"混凝土悬崖"。在这样的条件下,雷岛如今成了再现法国农业原貌的保护区,是一个耕作有序、优雅、和谐、朴实的公园,人们在夏朗德丝般柔和纯净的阳光下种植葡萄和无花果,以及烧制瓦片。这是我所知道的惟一一个既炎热又潮湿的地方。九月的一个晴天,我走遍了岛上的村落,小且宁静,房屋漆成白色或粉色。在海岛的平地上,只有钟楼的尖顶挺立着;正午的阳光一般会让我觉得刺眼,但在这里却并非如此,只是在葡萄藤上轻轻舞动;不时能透过松树的缝隙望见碧蓝如洗的地中海,海面向下凹陷。公路旁低矮的房屋墙上涂着粗糙的白泥,屋顶似乎盖着涂过石灰浆的瓦片,那是牡蛎养殖场常用的;接着,公路经过一座小市镇,里面空无一人,很安静,首府城市躲在杂草丛生、饰有纹章的堡垒后面,像在布鲁瓦日,这堡垒与其说有城墙,不如说长着一圈浆洗过的花边。然后,公路穿过了葡萄地,岛上带有菲尼斯泰尔地区特色的沙漠便立即进入了我的视线:一座灯塔、一个沙丘的阴坡、一片松树林,还有圣克雷蒙-代巴莱纳这个引人入胜的村庄,不知为

---

① Ile de Ré,大西洋中的岛屿,属于布瓦图-夏朗德省。

何,村庄的名字让我联想起博物馆里那些擦亮的骸骨的撞击声①。恍惚中,我似乎看到小咖啡馆和杂货店把抹香鲸的脊骨和颌骨当成招牌挂在门口——就像梅尔维尔笔下的纳图科特②。

* * *

南特。我翻阅着这座城市的一本旧相册,照片拍摄时我还是个中学生。尽管城市的外貌几乎没有变化……,但是在我看来,它是"热闹的、充满梦幻的城市",是的,永远是!我甚至从11岁到18岁都在幻想着,我余下的生命里应该怎样,如果生活开始无可救药地在"别处"进行?

我回想起从前周四和周日阴惨惨的"放风"时间遇到的一个灰色死胡同:起伏的路面、电车的机务段、死气沉沉的郊区、工厂附近脏兮兮的绿化带、废弃的赛马场:桑斯桥拉莫罗尼埃尔、小港、圣-约瑟夫-德-波尔特里克、瓦纳公路、莫弗草地、卢梭桥。无趣的地点,满是浅滩泥泞,植物也少得可怜。我们像是套着缰绳的马儿,踩在结冻的草地上转悠,就等着回去的时间。在地平线上,那座城市似乎总是遥不可及又近在咫尺,和它藏有宝物的山洞以及守卫森严的珍宝一并拴在钟楼上;另一边,是无拘无束的田野,绿色的度假天堂,阳光充沛,却不可企及:我们呆在这个与之交接的寒冷之地,漫无目的地闲逛着,深受冻疮之苦,一个个小老头似地裹在制服里——被隔绝,被遗弃,被搁浅。

---

① Saint-Clément-des-Baleines,其中 Baleines 意为鲸。
② 梅尔维尔小说《白鲸记》中世界上最大的猎鲸港。

* * *

塞森海姆①。在开往这个村庄的路上（我驱车 250 公里专为造访它），并且在那一整天里，为什么我只想到歌德以及他和弗蕾德里克·布里安②那段插曲？这个故事并不详细，并且这里看上去也没什么能引起这一联想的事物。歌德的其他爱情故事很无聊，我本不该为这些事远道而来。人们在这里期待着如春天般绽放的生命——一生一次，稍纵即逝——这种绽放给歌德与布里安短暂的罗曼史镶上了神圣的光彩——20 岁，正值壮年，离家闯荡，无拘无束。年轻人面前展现出两个世界，在阿尔萨斯的伊甸园里纵情享乐。我们相信，对于当时还略显粗俗的天才来说，这是唯一一份没有什么教育意义的爱情：他当时并没有想保存这份记忆。

村庄阴郁，死气沉沉，毫无美感；作物种在莱茵河的砾石河床里，产量很小。森林已被砍伐殆尽，本堂神甫的住宅也已翻修过；属于歌德时代的只有几幢木筋墙房屋、新教教堂、种满树的人工小山丘，加上人们称为大鸟笼的木亭子。在歌德纪念馆里，并没有什么关于 1771 年那段爱情的痕迹，只有一张小小的弗蕾德里克的侧面剪影，一封信上她亲笔书写的地址"哥德先生，斯特拉斯堡"，以及一本有她哥哥签名的孩童时期的小书：它的参观者都已成了时光的灰烬，轻轻飞散。漫无目的地在空荡荡的巷子走了几个来回后，我离开了这个空无一物的地方。塞森海姆质朴的优雅之美被猛烈的激情一次烧尽；两个世纪以来，无论谁到此地，都感觉"美丽的春

---

① Sessenheim，法国市镇，位于阿尔萨斯大区。
② Frederique Brion（1752—1813），曾与歌德在塞森海姆相遇并相恋。

天已失去了它的芬芳"。

　　　　　* * *

圣-伊波利特①。从我房间的阳台向西望去，葡萄藤密密麻麻，没有一丝缝隙，一直爬到山丘的半坡上——这些葡萄藤和果树一般高，可以藏下一个人：葡萄酒公路蜿蜒着消失在葡萄藤中，汽车在绿叶间时隐时现。左右不远处，相邻两座村庄的砖墙钟楼都从酒红色的山丘后面冒了出来。葡萄藤之上，直接就是森林，以及黑矮的圆形山包，其中一座位于我窗户的对面。山顶上坐落着城堡新建的塔楼。这些区域层次分割得直截了当，距离和高度适当且人性化，让人在一览无遗欣赏景色的同时，还能聆听美妙的声音和呼吸明净的空气。放眼望去，斜坡上的植物分布有序，由上到下，仿佛一幅地图，小径只露了个出口，一直向葡萄丛深处延伸——我所看到的斜坡上的风景，莫名其妙地令我记起《在大理石悬崖上》②前几页的内容。在这宁静的一个小时里，我在阳台上看着太阳落山，看着日光在山顶城堡后慢慢熄灭：葡萄种植区秋天的夜比别处更亮，太阳散完光热，被成熟的葡萄吸收完最后一缕光线后，便无怨无悔地落了下去。

　　　　　* * *

延伸至纳夫-布里萨奇③的莱茵河平原；走在埃特尔塔或迪耶普④的河滩上，杂草中的卵石会在脚下滚动；到处可

---

① Saint-Hippolyte，法国市镇，位于阿尔萨斯大区。
② 德国作家恩尼斯·荣格尔(1895—1998)的长篇小说。
③ Neuf-Brisach，法国市镇，位于阿尔萨斯大区。
④ Étretat 与 Dieppe 均为法国市镇，位于上诺曼底大区。

以看到柳树丛以及低矮的灌木丛将粗糙的枝条伸到灰白色的石子路上。一道由卵石砌成、厚厚的堤坝挡住了视线;我们爬了上去:能看到堤坝脚下的莱茵河——确切地说是改道并被污染的莱茵河水——在灰色的水泥凹槽中流动,槽壁倾斜,像是被人放入水中的巨大反坦克陷阱。这些排水后留下的残余,斑驳丑陋,夹杂着生活垃圾,似乎需要推土机来整治一下了。朝北走去,随处可见工业用地占据并取代了那些废弃的砾石场;到处都是新修的公路、路堤、土方、带有闸门的路堤。出生于卢瓦尔河畔昂热地区的我,每当看到这种河流,便会油然而生一种震撼之情——它们波涛汹涌,会将石头甩入花园,巨大的河床会令人产生孤独之感:初次看到便让我惊叹不已的罗纳河,流往科斯纳①或布里埃尔②的卢瓦尔河,或者美洲的密西西比河。

* * *

位于奥尔良上游的卢瓦尔河谷的风光朴实无华,气势恢宏。事实上,河谷已不复存在,只有坑坑洼洼的高原上种植着小麦;沿着河边,大片的博斯农场圈着围墙,暴露在旷野中,挡住了人们的去路;河水已经接近枯竭,露出参差不齐的堤岸,河边没有杨树,水位与麦穗齐平。出了奥尔良,向东前往雅尔戈、夏多纳夫、叙利,你会发现原本井然有序的布雷斯瓦③和图兰④变得杂乱无章:这里完全是一幅混乱的内陆景象,一切都停留在胚胎中,与其说是河谷,不如说是卢瓦尔河

---

① Cosne,法国市镇,位于勃艮第大区。
② Briare,法国市镇,位于中央大区。
③ Jargeau、Chateauneuf、Sully、Blésois 均为法国市镇,位于中央大区。
④ Touraine,法国旧省名。

的积水塘。没有葡萄园，没有花朵，没有烟草，没有柳树；粗陋且单一的耕作方式使这条母亲河失去了风韵；迎风摆动的杨树，漫天飞舞的柳絮，河水两岸的植被已不可复见，取而代之的是大片田地，裸露的河流给我留下了奇怪的印象。

每当我在田野里穿行，就会感到夏天的沉闷和暴风雨来临的前兆。这时，从一座古老的吊桥看过去，会惊奇地发现，这条流淌在田野中的卢瓦尔河此刻和北方冬季多风的土地融为一体：雷泰尔、塔尔德诺瓦①。某种加尔文式的阴郁笼罩着雅尔戈以及它坚硬的道路；这座小城斜斜地坐落在卢瓦尔河畔，小心翼翼，就像沿着一条泛滥的黑色小溪，小城看似懒洋洋，没有什么贸易活动；它正对着种植谷物的田地，那里运转着扬谷机和肥料筛。卢瓦尔河带着恼恨缓慢地流过无法长出大麦和甜菜的沙漠、就像一个灰心丧气的女子，而我们一旦离开这片沙漠，便能感受到从奥尔良延伸至费奥洛日②的树林散发出的清新空气，好似一片绿洲。远处，低垂的天空与麦田一般高，就像是在夏特尔。皮蒂维耶钟楼的尖顶刺入云端，被低矮的教堂中殿衬托得特别高耸，仿佛针眼要滑向针尖一般。

* * *

波图塞利③的意大利电影。一个位于波河④平原上的村庄。远远望去，它坐落在一片玉米地中，对于村子的人口来说，似乎有点太大，背景仿佛剧院舞台的装饰。村庄里的街

---

① Rethel 与 Tardenois 均为法国市镇，位于香槟-阿登地区。
② Fay-aux-Loges，法国市镇，位于中央大区。
③ Jean-Louis Bertuccelli (1942—)，法国电影导演、编剧。
④ 意大利最长的河流。

道和小广场看上去很气派,但是空荡荡的。空气中散发着潮湿的霉味,虽然宽敞,却让人不舒服,并且周围房屋破旧,仿佛被废弃了:这些带拱廊的街道、爬着青苔的围墙还残留着奢靡的贵族气息,透过它们,我惊奇地发现意大利并不适合人类居住,像是艳阳下阴暗、空洞、宽阔的四角形山洞;拱廊阴冷刺骨,大理石墙面的角落已经发霉,四壁空空,似乎财产被全部扣押。

* * *

桉树:绿色的树叶卷了起来,表面褶皱丛生。树上的叶子几乎落光了,像是希瓦罗人①的光头,枯黄的叶子似乎在盐、苏打或者犹大沥青②里浸渍过——散发着一种尸体防腐作坊常有的蜡味——树干周围布满落叶,像是零落的木乃伊绷带。

我所居住的小城街道上种植的美洲榆树总是充满活力,结实迷人,蕴含着喷泉的迸发力:杜诺耶·德·塞冈扎克③在他的画里便如此表现这些树木。

尽管弗朗西斯·庞济④的著作《松树手册》(*Carnet du bois de pins*)非常出色,观察入微,但是还留有补充的余地(永远都需要补充)。松树的成活依赖于沙土地,它的树根牢牢攥住沙土,以至树旁寸草不生,这样可以令营养不至流失,即便树干弯曲成异国(日本)情调的盆景形态。松树如何利

---

① Jivaro,指居住于亚马逊地区的美洲印第安人,"希瓦罗"是西班牙殖民者对其的蔑称,意为"野人"。
② 一种沥青,因产地而得名。
③ Dunoyer de Segonzac (1884—1974),法国插图画家。
④ Francis Ponge (1899—1988),法国当代著名诗人。

用落在地上的松针呢？当然不是用来缝衣服：就像镜子那样，但并不是反射影像，而是反射热量及其热烘烘的味道；因此土地在松树的滋润下焕发光泽，对于松树精华——松脂的产生具有重要作用，正如平滑的水面对于水生植物起着扶持的作用。我们来假设一个反例，一棵位于耕地中央的松树——它周围常有的、贫瘠、光滑而干燥的林间空地遭到了破坏——于是树干弯曲着，毫无遮掩地伸向天空，仿佛一个失去了祈祷毯的穆斯林。

杨树：秋天，黄叶散发出一种气味，拂过时，就像酸溜溜、灰扑扑的颜色从叶端飘下，落在卢瓦尔河边的草地上。我觉得这就是初秋的味道：孩提时代，每年9月8日下午，为庆祝昂热节①朝玛丽莱②走去时，我都会闻到这个味道。杨树的黄叶，如火焰般绚丽，是十月的精灵，加上四月饱满的花蕾，带着金褐色、透着光泽、粘腻的花蜜，这无疑就是高更笔下的黄色。

* * *

1942至1946年，我走遍了下诺曼底：当时在从事地貌学研究。这种慢悠悠的旅行非常有趣。卡昂，当时还被德国占领着，除了周四和周五，这两天集中了来自巴黎的教师们的课程，院系仍然死气沉沉：我确信当时和H.C在一起，他主讲当代历史，唯一的一位常驻教师：只要我完成实践工作、卡片研究，以及星期五早晨关于澳大利亚的课，每周只有一位忠实的学生。我扣上背包，走上马路：通常要走25到28公

---

① 其实就是圣母降生节。
② Le Marillais，法国市镇，位于卢瓦尔河下游大区。

里,有时是 30 公里。对于步行者来说,这路可不好走,因为法国被占领后,公路就荒废了,似乎被魔法催了眠,毫无生气可言,我从来没有看到过这样的景象。所有公路都让人感到强烈的不适,这是 70 年代物质充裕的社会所难以想象的:定量配给令人感到沉重,被巧妙解决的物资匮乏令人们的神经和味觉经受饥渴和疲累。奈瓦尔①在《昂热莉克》②中引用的老歌《瓦卢瓦》能让我更好地回想起这段经历:

> 加油,朋友,加油!
> 我们这就到了村口!
> 进了第一家农舍,
> 我们就能解渴。

这首歌里有流浪诗人兰波常用的叠句、节奏以及朴实自然的风格,使人们能够联想到走路的节奏以及路程的乏味——这使我又回想起当时的情景:长长的公路两边排列着房屋,一切都懒洋洋,了无生气;钟楼敲响 12 点的时候,走在乡间马路上,人昏昏欲睡;篱笆在暴晒下爆裂作响;夏日嗡嗡乱飞的苍蝇已经被我们这个卫生时代所遗忘,却在兰波的《彩图集》中被比作敲钟人;只有公鸡撕破了正午的慵懒;打过的麦垛立着,活像一个站在谷仓门口的人,和灰尘一起散发着一种荒漠的气味;热面包的香味,加上刚冲洗过的瓷砖的凉意,早已侵入了太阳穴和鼻子;阳光照在人行道上,两边是灰暗的房屋,我就像个游手好闲的流浪者,在沉默、紧闭、

---

① Gérard de Nerval (1808—1855),法国诗人。
② Angélique 奈瓦尔作品《火的女儿》中的故事。

似乎在沉思的窗前走着最后几步路。

　　这样独自走在路上,与穿越的城镇融为一体——甚至不是融于它的喧闹和气味:它的气息、它的声音——任何其他旅行方式都不会让我产生这种感觉。沉浸在如此景色里,人带着自身本质的东西,就像一粒花粉,陷在九月的蛛网中。不单是一个字,而是在经过花园门口时不小心听到的整个对话;不是车夫的粗口,而是赶车上坡时骗牲口的谎话——一边说话,一边打手势。疲劳就像底片在定影液中,现形;大脑逐渐失去了抵抗力,开始昏昏沉沉,因为乏味的步行而陷入极度疲劳,意识与乡村赤裸裸地战斗,完全沉迷于一种萦绕不去的节奏,沉迷于一种诱人的光明,沉迷于这一无可名状的美好时刻。在整整一天累人的行程中,我爱听宇宙万物的美妙乐曲,爱看日出日落和人们的足迹。远远看去,它们浅浅地印在路上,像是一些蚂蚁令人倍感亲切!在莱松(Laizon)的山谷地区,在这片满是农田的辽阔高原的深处,在如此偏远又秀丽的沟漕里,尽是树木和木筋墙的破屋。那里,在某个三月的早晨十点,树枝上结的霜会在阳光下闪闪发亮;落日的余辉毫不吝惜地将光挥洒开来,渗进每一寸土地,这就是电影照明师所说的"血色",让覆盖着层层稻草的茅屋恍惚间变成了夏天舒适的凉亭——在高原边缘极目远眺之处,一只野兔在田边疾走。十点钟的太阳最有活力,沐浴其中,比醉人的酒香、扑鼻的咖啡更令人神情气爽。另一个早晨,我早早地离开特伦,爬上通向村口的山坡,前往阿根丹①,于是我看到了古费尔纳森林的边缘——前方是一大片斜坡,坡上是农田,上方的天空并不空旷,而是喧闹一片。目

---

① Trun 与 Argenton 同为法国市镇,位于下诺曼底大区。

力不及之处有一群云雀欢唱着,声音响彻云霄,它们各自栖息在某个气流的顶部,声嘶力竭地组成了一曲合唱。在莱泽山谷里,我曾多次沿着树丛前行,耳朵里充满了奇妙的声音。鸟儿们在高高的橡树枝上各自开会,有叽喳乱吵的,也有嗓音低沉的,像是远古的仪式,令人仿佛置身于以"槲树"为名的德鲁伊时代——"奇异的军旅带着凄厉的哀鸣"(兰波,《乌鸦》①),伴随着黑色朝圣者们的祭司:路上到处有兰波的影子,他在飘泊中新生,觉醒。独自一人。现在,一切都结束了。知音不再。克洛岱尔②有时会是那个续弦之人:"苍白的日光照亮了路上的泥浆"。公路是篱笆间的轨道:人们在燃烧着汽油的地道中滑行。

  因为战争,这些旅行笔记成了废墟的记载。村庄基本幸免于难,而我穿过的城镇——它们的小径曾在我铁手杖的敲击下发出声响,那里什么都没留下,除了一些发黄的明信片,也许属于收集爱好者们。我曾经来过这些城镇,呼吸过这里的空气:1944年之前,这里热闹而淳朴,随后在1945年成为废墟——次年,即1946年,从奥奈修奥登③开始,只剩下被炮火炸毁的几堵墙,立在绿色的草地中央,像是英国式的草坪:在十字路口,一块白色布告牌插在草里,写着村庄的名字和汽车停泊地点。这以后,我曾开车经过重建的村庄,洁白整齐,地下有停车场,混凝土建造,宽敞,凉爽:很多居民们都住进了小而可爱的单元房里,他们似乎也变了。我对诺曼底的记忆早早夭折了;曾经的诺曼底已经沉睡在地下,苹果树也一棵棵地消失——它们很晚才

---

① 参见王以培译,《兰波作品全集》(东方出版社,2000年3月),页73。
② Paul Claudel (1868—1955),法国戏剧家、诗人。
③ Aunay-sur-Oden:法国市镇,位于下诺曼底大区。

被引进此地,约摸是16世纪,却已经消失了;"排水沟"崩塌,小树林变得稀疏——变化的不仅是城市的面貌,连土地也变了:我曾经亲眼所见,让我倍感亲切的一切即将不复存在。别再哀叹了。不管怎么样,大地母亲的模样在我们这一代已经有了变化,祖先们种下的树所留下的最后庇荫也是如此。

阿兰·傅尼耶①的《高个子莫尔纳》(*Grand Meaulnes*)中,写莫尔纳推着篷车逃去火车站接他父母的那段文字我很喜欢。"两点钟,他穿过拉莫特镇。他从来没有在上课的时间经过小村镇,这里的荒芜和沉静让他愉悦。偶而有好奇的老婆婆拉起窗帘,探出头来。"在字里行间可以看到这些城镇在工作日呈现出死一般的、令人不安的寂静和猜疑,以及乡村中无形且紧张的窥视。多少双眼睛跟随着这个形单影只的孩子揣度、思忖,尽管还不知道他的名字;他们彼此传递着这种行为,仿佛是运动员在交换接力棒。

我不喜欢经常在路上碰到的那些衣冠不整、不修边幅的嬉皮士:我不会蓄着长发、公然露骨地挑衅上一代人——我不会接受这样飘着头屑的、蓬乱的头发,离我太遥远了:我和你,我们流着不同的血。我相信我和他们没有共同语言,反之亦然。但是我和他们有着某种隐隐约约的默契。当我开着自己舒适的、为作长途旅行改装过的小汽车超越他们的时候,我观察着:他们无动于衷,对公路上隆隆开过的汽车视而不见,蜷缩着,不顾汗水和灰尘,仿佛呆在一个岗亭里,带着蔑视一切的神情,反叛而自豪地挺着额头,宣告着他们的流浪有着某种遗世独立的意味。也许他们,就像有人所说的,

---

① Alain Fournier(1886—1914),法国小说家。

不会再有任何机会。来往的车辆将泥水溅到他们身上,毫不谨慎地擦过他们,将他们挤到沟里;宪兵检查他们的证件——尤其是他们不会说法语的时候——旅社,甚至青年旅社都不愿意收留他们;他们面前,是一堵涂满敌意的墙。然而,既然能够如此耐心地承受这一切,我想他们抱着某种观念。走在朝向真理的路上。或者,至少他们在疲劳空虚的作用下,还是如此认为,在绕着法国行走的时候,会寻找到这样的路,或已找到这样的路:道路开阔,鲜花盛开,碎石满布,蜿蜒曲折,泉水叮咚,人们在这里相逢,柔声交谈,盛情相待,惊喜连连——然而,这比"美好的非洲所没有的椰子树"距离我们更远。

这已经不存在了,但是曾经存在过。我也曾享有过如此丰盛的精神食粮。我不会一味地指责如洪流般涌动的汽车。我把我的快乐归功于它,希望它还会带来快乐。当我离开车流如织的马路,突然来到一条空荡荡的小路时,总会感到惊喜:骗过大路上的"兽群",至少在几年内没有比这更惬意的了。中央高原很空旷,所有我想看的地方都很空旷。去年,我穿越了黑谷(Vallée Noir)波涛汹涌的林海,海面平滑而起伏,就像是一片广袤的森林,诺昂①就在森林的入口处:客厅并不坐落在湖的尽头,而是在树木枝叶的中央,教堂的辅楼带有清新的农村风格,还在人们耳边吟诵着乔治·桑②的诗句——这是超现实主义者们的法宝,并将此归功于卡斯顿·勒胡③——"教士的宅第没有失去魅力,花园也没有失去光彩。"没有人,或者说几乎没有人。每年,我总是出现在朗德

---

① Nohant,法国市镇,位于中央大区。
② Georges Sand (1804—1876),法国女小说家。
③ Gaston Leroux (1868—1927),法国小说家,尤其写作侦探小说。

的路上,那里公路和排水沟之间的草地在紫色树篱的衬托下比别处的绿草更浓郁。汽车行驶在无尽的树荫下,龟裂的马路上铺砌着恒星的图案——有时停下车,置身于一片长着某种黍类植物、地面被烤得发烫的林中空地,四周环绕着沙丘,我会疑惑风吹过发出的沙沙声,是松林,还是大海。高高的奥布拉克瞭望台简洁而雄伟,比安第斯山脉的高寒地区更荒凉、更开阔、更干净。我和它们有个约会,如果地上的路不再敞开怀抱,我宁愿立刻死去,即便这只是幻想,即便我并不常去。然而,几个小时的散步令人获得了无限的快乐和惬意,这在如今虽显得不值一提,却在我的记忆中扎下了根。我们不能指望公路能满足一切期望,如果不能忍受它朴实简陋的一面:饥渴、疲劳、烦恼、不适、居无定所;可怕的暴雨拍打着马路,地面已经变成水洼,一下就是一个下午;同时,被放逐的陌生感像是单调的低音,由漫长的旅途而生并且不乏躁动:在全世界流浪令人难以忍受;快乐还未经过品尝,便一闪而过——当我们在昏黄的夜色中卸下背包,站在紫藤阳台上,院子里挤满了鸡、小车和木桶,好似一幅荷兰油画;当我们幸运地找到一个歇脚处,坐在紫藤下漠然地看着天空,推测次日的天气,屋顶另一边,一行陷入沉思的杨树在入夜前变得格外平整,它们排列在公路旁,家畜陆续踏上了归途。"去就足够",勒内·夏尔[①]如是写道。必须在这种变化无常、没有安全感的状态中安下心来;明天将是另一个样子,明天已经在夜晚静谧的流逝中出现。还是兰波的一首诗——关于流浪的诗,关于夜晚投宿的诗——令人赞叹地,以嘲讽的语气幻想着幸福,以及对终极幸福的妥协。这首诗名叫

[①] René Charles (1907—1988),法国当代著名诗人。

《可怜的幻想》,虽然诗中含有对安全感的期望,仍然是一曲流浪之歌。

战争期间的公路令人备感忧伤,更耽于幻想。洛林的公路在1939年冬天遭遇了洪水,在通往军队营地的潮湿泥泞中,路边的谷仓像是洗衣房,长着笔直的烟囱,在浓浓的湿气中烟雾弥漫——夜间法兰德斯和荷兰的公路,更神秘:沿海围垦地间的公路起伏不平,蜿蜒地经过荒芜的草地以及平静的水洼,空中不时有重炮炮弹划出的弧线。这里能清楚地看见色当——它立刻出现在视线中。洛林和阿尔萨斯被圈进铁一般的封锁线,在它们之间来回走动,头顶着黯淡的星空,恰似被游牧的牲畜,精疲力竭地迁徙着。未来之窗关上了,何时开启尚未知晓:人们被塞在这片未卜之地苟延续日。如今重新提"奇异战争",几乎所有人都没有特别的记忆:人们因为怕羞而回避一个曾有过的想法——人人都有的想法——这在事件发生后变得相当可笑。只要无人提及此事,大家也就将其放在一边不再谈起。根据1914年战争的结果,人们曾经认为这场战争大约会造成数百万人死亡;这也没有估计错,对于其他人来说,这个数字曾经是准确的。这个预测颠覆了人们的想象,使战争的指挥人员裹足不前。警察局仍然每日例行常规,正常得令人难以置信,大家来来去去,交谈,打趣,用餐,装作看不到橱里的尸体。人们几乎只在饭桌上讲真话,席间必谈及战士的长眠,驱赶亡魂——思维一旦自由游走,便脱离了笔直的时间轨道,走入分叉的小路:"此外"、"另外"代替了"马上"。这样的边走边谈很快就令人兴味索然;战场的周围有数千个波将金[①]式的村庄,人

[①] 一战时期俄国著名装甲舰,在此比喻村庄戒备森严。

人都飞快地躲进自己小小的巴洛克建筑。在那里,战争像极了一场梦,令人倍感压抑;这是泥沼般的噩梦,胎死腹中的美梦:公路上的事故,原本风光旖旎的道路上再也没有诱人的景色,一切被平庸空洞所取代,似乎还有些生气,而事实却并非如此,因为这里再也没有活力,没有未来;梦里,根蘖像是"颜色暗淡的树叶,稀稀落落,毫无生气地耷拉在没有根的树干上"①。我还清楚地记得它们曾经茂盛地生长在路边,但是对于那些萦绕在脑海中的怪梦的内容,我已经完全忘记了:树叶们无力地幻想,淡而无味的噩梦中有着白色的花朵,我们白天放飞的鸟儿在夜间呆滞地飞行,却在清醒之前已然跌落。

---

① 本杰明·贡斯当:《阿道尔夫》——原注

大 事 记

　　1968年5月29日,戴高乐演讲的前夕,当时他刚动身去科龙贝①,而政府处于风雨飘摇之中,我所居住的左岸,气氛有些异常。在人行道边,聚集了一些"讨论小组",围着3月22日运动的马路煽动者,但是这些人几乎不讨论:他们听着煽动者演讲,闭口不言,面带疑惑,并不与其争执。当时,巴黎天阴而凉爽,整个城市几乎进入了筑街垒的季节。塞弗勒-巴比伦站②在建的停车场篱笆被人用石灰浆刷上了手写或油印的小布告:风把布告吹落,露出里面更久以前的布告,昨天或是前天的,是一些学生用的练习纸,上面的大字已经模糊了。人们疾步走过,低着头,孤独且心事重重;才晚上八点,路上就没人了。这可不是革命前夕的那种紧张气氛:更确切地说,这是一种飘忽不定的痛苦,与此相反,似乎只有年轻人对此免疫,他们三五成群,昂着头,带着某种明显的傲慢,却寡言少语。有时会有一个身穿红衣的女孩经过,红得

---

① Colombey,法国市镇,位于香槟-阿登省。1969年,戴高乐宣布下野,隐居此地。
② Sèvres-Babylone,巴黎地铁站名。

刺眼,在人群中格外夺目,像是一朵高大的丽春花。似乎有什么事情突如其来并且盘旋不去,使城市不知所措:1934年和1936年时,城市街道是另一种疯狂以及一触即发的景象。没有迸发的嗓音,没有大声喧哗,也没有激烈的讨论;在这个被忙碌而沉默的工厂包围的城市中,静寂震颤着耳朵,仿佛雪从灰暗的天空坠落。

* * *

戴高乐将军去世后接连举行的几场葬礼的尾声:当夜,科龙贝教堂盛满了纪念将军的蜡烛发出小银光,所有募捐箱都已碎裂①(日报)这些富有洞察力、历久不衰的职业行事方式,令人觉得耳目一新。它们通常对"伟大"熟视无睹,就像小狗看着主教,天真地裁切着世界上发生的大事,同时揭露出隐藏的一面,但并非毫无价值。这其中也透着些许随机应变的机巧,以及令人钦佩的客观意见,这是他们生存的保证。对此,我们会心一笑,略有赞许之意。他们想到了!

* * *

在我所见过的关于战争的照片中最令人困惑的(无疑还是现存最久远的),是攻克巴拉克拉瓦溪谷②的情景,摄于那次著名的突击战之后几天(当然也是在死伤人员被撤走之后)。这个带拱顶的小山谷并不深,没有水,夹在陡壁间,尽头是一块平坦的草地,草很短,没有灌木,也没有树。光秃秃的草地上散落着几百颗炮弹,像是绿呢毯上的桌球——看上

---

① 原文此处无标点。
② Balaklava,位于乌克兰克里米亚半岛。

去很有意思,像是隆重的滚球游戏节。

* * *

托斯卡①又一次出现在昨夜的梦里,我返老还童,十四岁都不到,在一条小林荫道上的某个看似剧院的地方,"被安排"在当晚演唱男高音,被宣传为"出色的抒情艺术典范"。这样意想不到的推销方式不怎么合人心意,似乎并不能让我过份激动——然而总感觉到"有什么不对劲":犹豫良久之后,我决定在演出前一小时,在最后时刻拜访经理,想弄清楚编曲中一些难懂的地方,或者,谁会知道呢?完全的误解。在这个梦里,由始至终,心头都萦绕着一种变化无常的感觉,挥之不去,暗不透光。奇怪的是,即便我在梦中,也能察觉到一种无休无止的尖锐。

* * *

梦:和乔装逃亡的德·贝里公爵夫人②一起在原野上被警察追捕。我们沿着公路逃跑,路边种着栗树,树下是人行道,和穿过香榭丽舍大街的人行道类似。一列货车刚刚准时停在柏油路上,看似挡住了去路,其实更有利于逃跑。公爵夫人有很多私生子。她把他们的名字写在黄木牌上,就像我们把标签挂在玫瑰上用以标记品种;她把这些木牌系在裙下的腰带上,就像是一小串钥匙。在如此印象深刻的梦境里,却没有暮秋的气味和颜色,那是锈红的篱笆和草地,以及滚落在柏油路面上的栗子那干枯皱缩的残叶。

---

① *La Tosca*,普契尼所创作的歌剧。
② Duchesse de Berry (1798—1870),路易十八的侄媳。

*　*　*

人类第一次登陆月球。经过两个小时的漫长等待,镜头中只出现了飞行器的一个支脚,只有黑色天幕和雪白地面的鲜明对比,周围是短而隆起的地平线。为了将其余操作摄入镜头,摄像机后退了十余米,拍到了飞行器的底部、背景,以及紧邻的四周。传播图像变得清晰并且达到了意想不到的质量。明暗的区别开始缩小,变得与地球近似。这些画面出乎意料,但却略有些奇怪。这并不是人们耳熟能详的科幻场面:像科克托①的老电影,颤抖的胶片,带着一种矫揉造作的美。两位像园丁一样的天使拿着武器,笨拙地行走着,露出侧翼,每分每秒都担心飞起来,却不必害怕摔倒,带着堆沙堡用的铲子和齿耙,试探着走出一步,既优雅又可笑。他们携带着充满照明气体的轮胎,似乎努力掩饰俏皮的外貌。一面旗子垂着,像是晾在绳子上的湿衣服;因为镜头的微颤,背景里飞行器的支架和底座看上去像是某块空地的角落上用竹子搭建的窝棚。缩小的视野使场面带有一些室内的特点,令人惊奇:像几个爱开玩笑的强盗,手指放在嘴唇上,飘着来造访这个破旧的大蓬车——凌晨,从天而降的拾荒者在贫民区边上查探。最终,令我惊讶的是,感情在这里占了上风:就在人类扎营的这个月球一角,他们插上木桩,系上线,挂上旗子,又成功地将自己的隐私封闭起来,哪怕只持续了几个小时。

---

① Jean Cocteau (1889—1963),法国诗人,同时还是素描画家、剧作家和电影艺术家。1955 年入选法兰西学院。

*　*　*

　　我昨天看到了转播的为艾森豪威尔在华盛顿教堂里举行的国葬:仿哥特式教堂,中殿很普通,毫不庄严宏伟,朴素,秉承了加尔文主义的不修装饰,我却喜欢这样的冷漠、枯燥、朴实无华。一小群"自由"世界的首脑们紧挨着坐在草编的椅子上,像是在某个村庄的修道院里——中间夹着五六个贝都因人①,还有几个穿制服的,钉着饰带,上衣软塌塌得变了形,领带破旧,我不知道肤色或黑或白的他们是不是送葬队伍中谁的亲属。他们手上捧着赞美诗,吟唱着路德古老的圣歌:上帝是我们坚固的堡垒。只是一些在新教暗淡而冰冷的光线下显得又丑又老的人:冷酷的摄像机死盯着戴高乐的大肚子、约翰逊的长下巴、吴丹的眼镜、尼克松的肿脸、爱尔兰总统长疥疮的秃头、巴基斯坦总统的疣子、约旦国王脸上的浮油。带有某种冷漠、危险以及脆弱的意味:信仰很脆弱,尽管"壁垒森严";命运很脆弱,对于未来的期望很脆弱。没有什么坚不可破,只有身穿黑色丧服的妇女们,似乎象征着永恒的寡居生活。她们面前,只有安放在石板上的棺木,覆盖着象征着虚乌有的胜利的旗帜:这位奉行自由民主的名人和死亡毫无相关之处。

　　*　*　*

　　当一种文明的所有价值观遭到破坏,革命并不一定马上来临,也许还遥不可及。罗马帝国在几个世纪里与革命

---

① 阿拉伯人的一支,又称贝督因人,居住在西亚和北非的沙漠和荒原地带。"贝都因"为阿拉伯语译音,意为"荒原上的游牧民"。

一次次擦身而过。基督教,慢慢从深奥难懂发展到宽容开明,既教化他人又兼容其他思想,却毫不触及社会和国家的基石。

价值观的真正蜕变——基督教、佛教——似乎在一成不变的社会政治结构内部成熟,同时,新的灵魂生活中不可言喻的神启毫无意义地打击物质世界中所有的粗暴干预。"处在底层的会上来,高高在上的会下去"——所有革命的程式——同时低声说明其余的一切都保持不变:等级上升的方向、重力法则、价值体系以及价值标准。

* * *

就像环绕着我们的大气层保护地球上的居民不受宇宙的持续侵害那样,曾经存在过,并且长期存在着一种不知道、不在乎、不阅读、不出行的状态,保护着他们平静的心灵不受"新闻"轰炸的干扰,并且更长时间地保护他们不受危害性更大的"图像"的侵害。在我们的文明把这种状态消灭后,我们开始意识到,这种令人与世隔绝的状态是生活必需的。从生理层面来说,人类并不赤裸着生活;从精神层面来说,人类也是一种盖着外壳的动物。这种致命的侵蚀作用就在我们眼前:持续强烈的腐蚀,尖锐而新奇——逐渐使个人从自我中心状态中走出来——逐渐使封闭的思想向外界开放。就像一片薄膜,在来自四面八方的狂风的攻击下,一触即破,是一种即将破裂的状态。我们"自我感觉不好":只要领会这句话的意思,就会觉得说得很对!人们的思想曾经被厚实而坚硬的外壳妥善地保护着:现在,它外面只剩一层薄膜了。

＊　＊　＊

　　要了解天主教现在的变化，于斯曼①是一块很好的试金石。这是他所改信的教派。这是教会刚刚放松的方面，而教会也只放松了这一方面。此外，我们能够想到的作家和艺术家中更改信仰的很少，主教对此毫不在意，而是将未来的赌注下在不太神经质的人身上："让黑人进来"就是他们的座右铭——欧洲旧大陆的文明人正在成为教会的累赘，正如当初第一批犹太基督徒很快成为了异邦人。基督教的发源地即将寿终正寝：在衰退期，基督教有了蛮族的欲念——它背井离乡，和佛教一样从根本上离开了发源地（而伊斯兰教和犹太教却从未如此，它们在岩石遍布的犹太以及阿拉伯岩石城②中坚如磐石）。直至今日，阿拉伯人和犹太人仍在使用武力为耶路撒冷的归属而争执不休；教皇回圣地游历，像是某个美洲总督回到爱尔兰的洼地，探访他当初移民的祖父的出生地。虽然哭墙和供奉黑石的卡巴圣殿还在，但是如何能重现往日旧貌，菩提树和真十字架又在何方？

　　＊　＊　＊

　　最近参加的三、四个典礼——葬礼或婚礼，让我对天主教的新礼拜仪式有了些许了解。真令人吃惊！使我这样不习惯的人听着有些难受：并不是指逐渐退出历史舞台的拉丁语，而是旧约。诵读福音的时候——内容包含国王赞美诗、

---

① Joris-karl Huysmans（1848—1907），法国作家和艺术评论家。
② Arabie pétrée，原指罗马帝国的阿拉伯佩特拉行省，其首府佩特拉（Pétrée）在希腊语中的意思是岩石（petrus）。格拉克在这句话中使用了三个与石头有关的词：enrochés, pierreuse, pétrée。

先知的预言、战争神的祭典、天神的昏聩——在圣经所营造的肃穆气氛中,大殿里回荡着空洞的回音,忽然让我觉得直白而冷漠,无法共鸣,缺少和谐。声音苍白而冰冷,低低的,带着点独唱者的颤音,然后我们会惊奇地发现这种声音也会发出好似管风琴的低哑的隆隆声,出人意料。还有其他令人惊讶的事,新教,它的经文无处不在地包围着简短的福音,就像是咆哮的大海包围着一座小岛——和这里朴实亲密的圣徒聚会相比,忽然让我觉得更加悦耳、和谐、丰富。

文　学

二十五年来，绘画界和文学界的大师一个接一个离去。这并非如某个学院里的人员更替，也不是为了让一代新人换旧人，却更像是年复一年地进行某种私底下的破格晋升。

1973年的世界在任何艺术领域都再也见不到那些伟人在黄昏的日落中投下的长长身影、他们是瓦格纳、雨果或托尔斯泰(我在毕加索去世后写下了以上文字。但在何种意义上，尤其是对于大众而言，毕加索代表着"先锋"艺术的市场行情大涨？是否是属于某种连接塞尚①和洛克菲勒②的媒介：一种艺术遗产的复制品？)。数不胜数的美学时尚和信条快速更替着，无疑会使每个艺术家都不知所措，他们只有非常短的时间来确认自己刚得到的自由，时间间隙如此狭窄，如同以太空间中的波长间隔。这一时期讲求紧跟时代，追求成效，于是就留下了分歧、转变、循环或政治的问题。结果，

---

① Paul Cézanne (1839—1906)，后期印象画派的代表人物，是印象派到立体主义派之间的重要画家。
② John D. Rockefeller (1839—1937)，美国实业家、超级资本家，美孚石油公司(标准石油)创办人。

如今的我们远离了像萨特们、马尔罗们能够一举成名的时代,这不是"文学时代",只不过稍微沾了下文学的边。如果我们用红笔来勾勒某个当代艺术家的生活曲线——如今他们的生活趋向于和普通人一样——其中惟一直接显示他艺术才能的那段有缩短的趋势。

* * *

各种艺术之间已经不再互相渗透,或者说已没有这样的趋势。彼时的科克托们在起步阶段也曾步履维艰,最终站在斯特拉文斯基和毕加索这样伟人的肩膀上获得了成功。但是,这样的事例在1972年已经不可想象。电影,这个无法分割的组合体,是如今惟一包容各种艺术的领域(技艺的选择)。每种艺术都固执地想剔除原本不属于自己的东西(冒着停滞不前的危险),同时也是曾经使它和其他艺术并存的东西,这和个人的情况类似。每种艺术在某种"重力作用"下,紧紧地围绕在各自的重心周围,只允许自身和其他相邻的艺术有切点,但是没有切面。

* * *

随着岁月的流逝,在写书的过程中,我发现我的观点有些变化——几乎无意识的变化,就像人们变成老花眼那样——我小说中的人物形象逐渐成了"透明人",几乎不反射光,肉眼能看到他们的活动,但是能透过他们,看到背景的树叶、草地或者大海,而他们的活动并没有真正脱离这些背景。我对于上帝向人类许下的不死的承诺,抱有微弱的信仰,并不是说我相信人类不再会完全回到大地,而是本能地认为人类从来没有完全离开过。

* * *

如今,"人文科学"有很大一部分在科学杂志,甚至是政治以及文学杂志上引起了轰动。这使人想起了地质学家所研究的著名的流体岩石(如石油),这些物质被地层挤压,最后进入周围的海绵层中。就这样,历史从本质上来说是一种未来对当代的敦促,语言学是开创浪漫小说的钥匙,而佛洛依德学说则是万金油,只是不能作为神经病的治疗方法。

* * *

随着年龄和阅读量的增长,人们能够很清楚地将优质作品和其他作品区分开来;直截了当地判断,不留任何余地;与此相反,在20岁时,我的阅读口味沿着梯级上升或下降,好似证券交易所里的股票行情。在那个年纪,我们把书从0到20编号,就像是某个学究把书抄录下来:超现实主义在开始的几年里就玩了这个把戏。有意思的是,我在《如是》①的前几期里发现了这些,几乎是一模一样的把戏。刚开始对纯文学产生兴趣的人,只要看到印刷品,内心就会朦朦胧胧地产生一种青春期的、崭新的冲动,并且持续兴奋着,就像其他人看到裙子产生的兴奋感。四卷的《雅克·里维埃和阿兰·傅尼耶多达通信录》②就是一个最生动的例子,说明了这种对文学无休止的兴奋。

---

① *Tel Quel*,法国前卫文学杂志,创刊于1960年。
② Jacques Rivière (1886—1925),法国文学家。Alain Fournier 的妹夫,并与其长期通信。

*　*　*

在追溯往事的时候,没有什么比旅行家更让我羡慕和嫉妒了:歌德、司汤达或是夏多布里昂。他们去过罗马,在温克尔曼①时期和意大利复兴运动之间,在那个最衰老也最激动人心的时代:教廷孱弱无力,农庄荒芜,花棚破败,萎靡不振地跟在波拿巴身后苟延残喘,就像是人们脚下的小草;据说数十年中,教廷牢牢地依附于殖民政权,得到的也不过是饱食终日、无所事事的生活,像被切除了根的常春藤,只能依靠攀缘茎支撑。要想在脑海中浮现这一时期的罗马,根本不需要看《致冯塔纳的信》(Lettre à Fontanes)或是《墓畔回忆录》(Mémoires d'outre-tombe)里那些华丽的篇章:只需要听《托斯卡》最后一幕中,牧羊人赶着山羊走过圣天使堡围墙所唱的咏叹调;甚至都不需要这个,我就能听到麻木驯顺的声音以及宵禁之后的沉默,仿佛一直生活在其中。

夏多布里昂没有写尽罗马的一切,这使得《回忆录》显现出他的多愁善感:其中的篇章动人心弦,使读者产生共鸣,而作者本身却避免动情。《基督教真谛》(Le Génie du christianisme)令人读后回味无穷:他的散文如水潺潺流过,其中并没有奇思异想,却已经有如梦幻:他在此流露了自己的情感。令他激动的并不是罗马的古迹,因为对诸如此类事物他再熟悉不过,而是一种难以言说的美好的精神食粮,就是教皇所在的罗马:依附于废墟的没落;并不是塞西莉亚·麦特

---

① Johann Joachim Winckelmann (1717—1768),德国考古学家与艺术学家。温克尔曼是文艺复兴人文主义者弗拉维奥·比昂多的追随者,因此自称意大利人文主义者。

拉墓冢①上"起伏的木犀草和亚平宁山的银莲花",而是年老失势的大祭祀,他在壁炉的角落接待作家,膝上还坐着猫;也不是罗马帝国的废墟,而是日薄西山的教廷。

1800年的罗马,面积较古罗马时期已经缩小了。城郊应该是一个奇特而梦幻的散步场所,曾经属于古罗马的这一整片区域都是如此:市镇的牧场,牲畜和废墟里的植物慢慢占领了原本人潮涌动的都市。我想象着长草的小径上,嘎吱作响驶过的马车;在古代做过谷仓门的圆拱淹没在杂草中;支撑干草仓的柱子;挤裂镶马赛克的门槛的无花果树;在罗马人断垣残壁上的荨麻间拉屎的山羊;以及"永恒之城"的法国画家爱去的那些简陋的度假屋、"好玩"的葡萄园、凉亭、"乡村乐园"、小客栈。他们胡子很长,不戴帽子,上衣下垂,就像是画作《您好,库尔贝先生》中的库尔贝。此外,我还想象着浪漫主义雕刻艺术中棕色头发的女孩,穿着短裙,露出脚踝,头上戴着一顶上浆的白色菱形帽,而手指上停着一只斑鸠,有一种奇怪的平衡。在哪里可以边散步边幻想?只有这里,在柏树、大理石、葡萄藤和喷泉间,薄雾弥漫,经久不散,荆棘丛生,光线或明或暗,却又有着纯净的阳光和蔚蓝的天空。

我从未去过罗马。总有一天我会踏上去罗马的路,因为似乎条条大路通罗马,但是我会在那儿看到什么呢?费里尼②的电影提醒了我:《致冯塔纳的信》中描述的乡村,在墨索里尼的"改良运动"后,已经没有什么痕迹了;而根据《墓畔回忆录》的叙述,这样的墨守成规、粗枝大叶已经延续了一个

---

① Cecilia Metella,与凯撒同一时期的罗马贵妇人,其墓冢可视为罗马共和时期贵族埋骨处的范例。

② Federico Fellini(1920—1993),意大利导演。

半世纪。早在一百五十年前,莱昂十二世①手下的红衣主教就已经在好奇心的驱使下采取了一些如今已经成为环境部禁忌的措施。

  这年(1829)冬天,一家外国公司来建议开垦罗马的农村……红衣主教对强盗们的计划置若罔闻。后者赶来摧毁原以为是贵族城堡的图斯库鲁姆②废墟:他们原本会将埃米利乌斯·保卢斯③的大理石棺变成石灰。(《回忆录》第三十卷,第九章)

几个老人出于害怕的保守造成了荒芜和废墟状态的持续。1931年甚或是1959年,我又一次去了那里,对威尼斯而言还不算太晚,至少一点都不晚;1972年,对罗马来说可能太晚了:又成了一个封闭的坟墓! 1972年,墓地的价格奇高,并且再也不能永久使用了。夏多布里昂在《回忆录》里不断抱怨,只有墓地和沉寂:我们还希望如此呢!

重读《回忆录》,我任自己流连于夏多布里昂笔下的罗马二日行。这是一个没有意大利人的意大利:在夏多布里昂的散文中,对于顽强地在废墟中重建并且干扰他的生活所带来的不快和驱之不去的喧嚣,一笔带过:是天才而不是才华,这是于贝尔·罗伯尔④笔下的"废墟",其中的无声人物形象支着肘部或是慢慢地行走,以他们一系列的静止状态令人想起

---

① Léon XII (1760—1829),1823年至1829年期间任罗马教皇。
② 意大利古地名。
③ 古罗马政治家。
④ Hubert Robert (1733—1808),法国18世纪主要画家之一。

花边或石柱上的装饰性图案,而且就像普桑①的画里常常出现的那样,似乎比例奇怪地缩小,在坟墓和石棺对面,人类仍然站着:里面所有的人物似乎都是用望远镜反过来观察的。

司汤达也曾游历并且旅居意大利,和尊贵的子爵在同一时期,或者就是在同样的情况下:《意大利遗事》(*Chroniques Italiennes*)和《巴马修道院》(*Chartreuse de Parme*)对所经历的事情的放大和缩小却正好与夏多布里昂相反。伟大主义存在于所有人的思想中:精力、爱、报负、爱好以狂热的法兰朵舞蹈形式占据了舞台的前端——布景:剧院的包厢、小广场、告解座、柑橘园、小客厅。其本身已经社会化或者现代化——西塞利②的画布到处装饰着古罗马的广场和剧场——不只是戈尔多尼③布景的建议性放置。

* * *

我所想象的莫里亚克小说中的女主人公,是范·东根④肖像画里上流社会的身影:布袋裙、手提包、珍珠项链、瘦长的腿、笔挺绷紧的布料、僵直的动作、小小的脑袋、脸隐在钟形帽里,所化的妆容似乎为了在照明灯下闪耀,而照明灯在隆尚赛马场和杜维尔海滩的阳光下发出煤气灯般微弱的光。所有女人,即便怀着悔罪的苦恼心情,即便离群索居,都带着

---

① Nicolas Poussin (1594—1665),法国画家,17世纪法国古典主义的伟大创立者。
② Pierre-Luc-Charles Ciceri (1782—1868),法国画家、剧院布景师。
③ Carlo Goldoni (1707—1793),出生于巴黎,意大利戏剧作家,创立了意大利现代喜剧。
④ Kees Van Dongen (1877—1968),荷兰画家,是马蒂斯之后野兽派的中坚和领导者。

岁月的印记——或是狐步舞,或是《无事酒吧》①,所有女人的风格以及外形都借鉴自那个时代,而那时的时尚最为含混不清……②。从天使到野兽的帕斯卡式剧变就是莫里亚克笔下女主人公动荡且暗流涌动的生活写照:《黛莱丝·戴克茹》(*Thérèse Desqueyroux*)还不是最具代表性的,更具代表性的应该是《火河》(*Fleuve de Feu*)中通过简单的夸张讽刺所描绘的吉赛尔·普拉伊。她走下圣拉扎尔郊区的火车,嗓子干哑,在夜幕降临之前,走进多明我会③的教堂,在阴暗的房间里和陌生人互相爱抚。这不是——决不是——尽管仍然是在描述大资产阶级,亨利·詹姆斯④风格的《一位女士的画像》,或是一个恋爱中的柔弱女子形象,也不是波德莱尔作品中典型的妇女形象——涂脂抹粉,在灯下呆板地前行。而是罗马神话中的母狼和圣经中的母狗,毫无过渡地突然剥去上流社会光鲜的外皮,就只是一个子宫⑤,伸出舌头,喘着粗气,追逐着新鲜的肉体。如果用当今评论界盛行的精确统计法,人们会对莫里亚克笔下苟合的画面数量之多而感到难以置信,这些画面让人咋舌,小说中的人物既可以如发情的动物,又可以虔诚地拜倒在十字架之前,他们在两者之间转换毫无困难。

* * *

司汤达的《1817 年的罗马、那不勒斯和佛罗伦萨》

---

① 法国作曲家 Darius Mihaud (1892—1974)所作的舞曲 *Boeuf sur le Toit*。
② 此处翻译省略了作者语焉不详之处:la femme du monde à la p ...
③ 天主教托钵修会之一,一译多米尼克派。拉丁文名 Ordo Fratrum Praedicatorum,意为布道兄弟会。因其会士戴黑色风帽,被称之为黑衣修士。
④ Henry James (1843—1916),美国作家。
⑤ 原文是 tota in utero,来自著名的格言:"Tota mulier in utero,女人就是子宫!"

(*Rome, Naples et Florence en 1817*)的其中一页使我确信自己几天前所写的东西:夏多布里昂眼中的罗马是苍白的,并且处于最低谷:1813年的罗马只有将近十万居民。罗马不仅失血,而且贫血:就在1791年,还有十六万人口。司汤达认为原因在于疟疾横行:因为教皇疏于管理,这种污浊的空气应该在此期间不断扩张了地盘。

司汤达当然要说服读者,他如何醉心于这个美丽国度的幸福生活,但是他却没能让读者去想象或感觉这种幸福,也许他也没想做到这点。在意大利重获青春的心灵写下的这本日记就像是人们对身边的同伴或知情者回忆从前,同他们每天分享快乐和心事,如同分享面包:要让他们积极参与话题,只要令其回忆起以往的情景。这并不是邀请他们前去旅行:这是向"真正热爱意大利的人"这个秘密且封闭的团体进行例行工作汇报。不必详细道来,原因不言自明(明人不必细说①,司汤达借皮拉德神父之口所说的话是一个关键词),但是像我这等不信教的读者,原本等着游历那不勒斯、罗马和佛罗伦萨,却再也看不到司汤达笔下对这些城市的描述,不免稍有不悦。

没有景色人像,却细致地叙述某个剧院或某个咖啡馆的兴衰,详细地描述芭蕾、正歌剧、女歌唱家和风行的"阉人"歌手的嗓音。他对于1817年意大利歌剧演出季中旅行和气氛的记录,类似于当代一位富有才华的专栏作家对法国西南部斗牛爱好者的报道。

在司汤达的书中,令人不悦的是那股吃香的愤青气,它从巴黎某个辖区的沙龙起家,以为只要骂得越厉害,就会在

---

① 原文为拉丁语:Intelligenti pauca。

自己的国家越受抬举。

* * *

我在阅读阿莱维①有关第三共和国初期的著作(《显贵人的结局》[La Fin des Notables],《公爵的共和国》[La République des ducs])。他的书很值得一读,饶有趣味,我觉得:这是地道的学院派风格,在当时可以收录在大学生课本中。书中充满了必要的热情,小心地膜拜院士头衔却毫不声张,就像一个虔诚的教徒打扫教堂,路过祭台无意识地屈膝行礼,其中还有一种主教式而不是教士式的幽默,这表明我们属于同一阵营(只是奥尔良派之间而不是正统派之间的差别:学院有时属于布罗格利②,却从来不属于布拉卡斯③),声气相通,以至于需要保持一些距离。

我一直都弄错了。过份即是过份:太过虔诚地觊觎某物只会激发起狂热和轻率。学院开始变得轻浮:它回想起德·塔列朗④先生提倡的"不要殷勤",于是发现阿莱维先生在表现出殷勤之前已经有些过份殷勤了。他没有入选。当失败已成定局,并且无法补救时,他做了一件崇高的事:公布了原本要在入院典礼上发言的稿子:日本武士,为了羞辱侮辱他们的人,会在对方门前切腹。

---

① Daniel Halévy (1872—1962),法国历史学家、随笔作家。
② Louis Victor de Broglie (1892—1987),法国物理学家、法兰西学院院士,1929年诺贝尔物理学奖获得者、波动力学的创始人、量子力学的奠基人之一。
③ 即布拉卡斯公爵(duc de Blacas,1771—1839)。
④ Charles Maurice de Talleyrand-Périgord (1754—1838),法国政治家、外交家。

* * *

小说和电影。画面不能引发联想:它具备一种文本从来没有的表现力,然而却是一种与其无关的特殊表现。对作家来说,词首先是和它逐渐牵扯出的其他词的密切联系:书写,一旦运用于诗歌语言中,就是一种带有光环的表达方式。文字所引起的联想画面对于读者的想象而言,是文字串,会支配这些画面,却不能约束乃至描绘画面。仅这个事实,就使这些画面陷于一种类似于梦境的、非真实的朦胧状态中:整个语言——在过饱和的状态中,随时会在某个很微小的撞击下凝结成块——这是出现并集中在某段文本周围的语言块:相反,立体的联想画面抑制并且排除了所有其他画面;这一画面,时刻紧紧"框住"其内容,就像一个画家所做的那样。

我看到根据《考费杜阿王》(*Roi Cophetua*)①所改编的电影中,有关夜景的情节都在布雷②取景,于是就想到了诺埃尔·德沃③的一个中篇小说的题目:《土地册的页边》(*En marge du cadastre*)。正如由文字所联想到的世界——即便是现实世界——无可避免地朝这个边缘滑去,立体画面的世界同样会完全地背离这一边缘。这让我看到,此时此地,事物的出现方式只是多样化并且带着问题;我并不在意是什么令我奇迹般地存在,而是想了解制约这一物质存在的因素——区分和选择的任意性。同时,我认为他人苛刻而短浅的目光和怪癖令我每时每刻面对着无数不可摆脱的细节,自

---

① 《考费杜阿王和乞丐女》英国画家爱德华·伯恩·琼斯(Edward Burne-Jones,1833—1898)最著名的画作。
② 爱尔兰城市名。
③ Noël Devaulx(1905—1995),法国小说家。

己就像是在一条大路上,所有的捷径都被围墙堵死。

* * *

如果我们在影片中插入一段编好的音乐,即便很短,也会在一个段落结构中渐渐引入另一个段落的结构,其性质完全不同:会产生一种排斥现象,就像牙床排斥植入的牙齿。

* * *

莎士比亚戏剧中纯粹代表王权的象征:王位、王冠、剑、小号、纸牌被赋予的意义,以及刚从带血的裙子上除下便立刻转予他人的饮品——这里的国王们抽中了大奖。自然简洁的笔调使他们和其他角色处于同一平面——人性化,太人性化了——但他们吃饭或交谈时,头上带着王冠;权力在动摇不定的人群上游走,踏入陷阱,变更载体或者随心所欲地驻留原处,就像一只鸟公然立于树梢。

在莎士比亚笔下也看不到行使重要权力所带来的变化和成熟:泰特斯从没有将权力让给贝蕾尼斯①,我们也不会看到奥古斯都大帝的宽容大量,或是法兰西国王忘记奥尔良公爵的侮辱。野兽戴上了王冠,也仍是野兽,只不过拥有了生杀大权:只要是个有肚子,有钱袋,穿着长裤的生物,突然间拥有了闪电,那就顺理成章地成了怪物。

* * *

《索多姆和戈摩尔》②(巴尔贝克、费泰尔纳和拉斯皮埃

---

① 均为莎士比亚早期创作《泰特斯·安特洛尼克斯》中的人物。
② Sodome et Gomorrhe,普鲁斯特的作品。

尔①之间的"小中心")的第二卷非常吸引我,书中有几页一贯杂乱无章的讽刺画略带沉重(大酒店经理念 lift 时的发音错误),主要涉及这个诺曼底一隅的公路及铁路情况。摘录如下:

> 已经是夏末,在从巴尔贝克去杜维尔的路上,我远远地看到圣彼得-代齐夫②车站。傍晚,在一瞬间,峭壁顶端发出玫瑰色的光芒,就像山顶的积雪在落日的余辉中闪耀……

通往巴尔贝克的电车经过这座狭小的山村,它让人觉得是个"压缩"的铁路网,就像意大利喜剧在舞台上用两三座房屋代表被压缩的大城市广场。压缩的原因相同:一出社会剧——因为海水浴季节的到来,比往日更加开阔——沿着一溜十几个车站上演,这些车站就像戏剧掣动下的琴键,奏出一首奏鸣曲。这是普鲁斯特笔下唯一的公共广场——十字路口和社交地点,如此等级森严。围绕着德科维尔③的玩具系列,一个季节性的外省仙境开始初具雏形,一旦有机动车的贸然闯入,便会引起慌乱和逃窜。

确切地说,就在这一卷中,作者和阿尔伯蒂娜驾驶着租来的汽车,开始在巴尔贝克周边游览,并且愉快地记下——旅程开始的那一刻——发动机在此次郊游中的作用,它既是便利而神奇的装置,又是毫无诗情画意的玩意儿。我认为,诗意之所以失去,是因为突然没有了站间停靠。铁路沿线火

---

① 均为《追忆似水年华》中的地名。
② 法国市镇,位于诺曼底大区。
③ 法国公司名,生产铁道设施以及汽车。

车站所立的标杆立下了某种旅行的规矩,这不仅因为预先所作的准备工作以及固定不变的时间表,更是因为严格的车站划分:我每年去波尔尼谢①,所乘火车沿路的车站如同一篇经文,毫无变化,我对它们早已熟记于心。在期待被逐渐满足的过程中,这些车站会令愉快的旅程变得庄严,完全不亚于童年苦恼时看到耶稣受难像的心情。孩提时的我从没想到过圣安德烈-代佐②(普鲁斯特所提议的好名字!)和圣纳泽尔③相距8公里,而克雷蒙-卢瓦尔和塞勒仅仅相距1500米;这也许曾经误导了我:自己不是沿着蜿蜒曲折的道路,而是一根一根地爬过某个神秘扶梯的栏杆。在这样漫长的旅途中,自从我第一次发现人们不用巫术就能沿着公路从瓦拉德车站步行至蒙特莱车站之后,旅行就突然失去了诱惑力。

* * *

我又一次读完了《追忆似水年华》(*La Recherche du Temps Perdu*)。加坦·皮贡④曾经恰如其分地以"阅读普鲁斯特"命名其一部作品,而我在阅读过程中,也不断地感觉到延伸、发展、讨论、反驳以及评论的需要。整本书中,每处都需边看边用笔记录。头脑中的想法凝聚成几个方面,很快却因为思维方向与所回忆内容的不一致而四分五裂,不断地从文章到思考,又从思考回到文章,这样的来回往复使读者的思维得到了有益健康的锻炼。小说中直截了当的说教会令读者昏昏欲睡,就像是母鸡面对悬在面前的白线的反应;表

---

① 法国市镇,位于卢瓦尔大区。
② 同上。
③ 同上。
④ Gaetan Picon (1915—1976),法国随笔作家、艺术评论家。

达作者思想的作品中,内容安排多少显得刻板,这不会让读者感受到太多的乐趣而且限制自由思考。但普鲁斯特在整整十五卷书中,始终将文学内容和评论混合在一起:在混合物和小说元素中加入的一小撮东西像雪崩般越滚越大,叙述也随之开始进行;如同加进一滴冷水,将一切凝结起来,以便观察者进行研读。普鲁斯特不仅令读者备感不适地接触到所有叙述文体多变而矛盾的特点,而且还将其作品的元素置于如此的状态:如同一部加工前的电影,剪辑师可以任意将其画面播放或停止,将电影倒带,依次查看表现同一场景、几乎没有任何差别的两个、三个或四个复制画面。这是小说素材以及时间二者随意的解构,具有无与伦比的刺激性。

* * *

我喜欢身处克拉拉·勒伯兹①的时代
她是从前的住校生……

上的是圣心寄宿学校……

她让我想起当时的女生
取着洛可可式的名字
来自获奖颁发的书
绿色的,红色的,茶青色的
椭圆装饰,烫金标题

---

① 法国诗人、小说家弗朗西斯·雅姆(Francis Jammes,1868—1938)小说中的人物。

克拉拉·德·勒伯兹,埃莉诺尔·戴尔瓦尔,
维克多瓦·戴特蒙,洛尔·德·拉瓦雷,
莱昂·福施勒兹,布朗施·德·佩尔瑟瓦尔,
罗斯·德·利默勒伊以及西尔维·拉布莱耶……

这类诗的精华部分仍然在人们口头传颂,说明雅姆尽管备受争议,却还未被遗忘。这些诗使人感到一种双重的怀旧距离:遥远的童年,当然是其一,除此之外,还有离我们远去的某个萎靡不振、衰退的社会阶层,渐行渐远。

这些女孩出身于小贵族以及与贵族结交的乡村公证人之家,洁身自好,接受半封闭的修道院教育,直到仓促走入家庭早已安排好的婚姻灾难。在这些柔弱哀怨的年轻牺牲品面前,没有多少时间。而同她们一起去度假的寄宿学校的密友也是如此。走出家门后,她便迷失了方向,如同拉辛笔下的女主人公一样不幸,婚姻的绳索套上了脖子,等待她的只有令人厌恶害怕的陌生男人,在夜晚踏上她的床席。这就像是中国式的婚姻关系。

女孩们来自于拥有土地的农村资产者以及小贵族阶层。这是个走向没落困顿的阶层,仍然死守着式微的宗教信仰、道德风尚及信念。她们如鲜花般短暂而悲怆地盛开两三个夏天之后,便陷入孩子、房子和家务事的劳累中。然而,在依然能遇到她们的人的记忆里,她们比其他人更顽固,很年轻,却仿佛已经死去。

在《高个子莫尔纳》中的伊冯娜·德·加莱的身上可以看到这一切,这个人物的塑造深受雅姆的影响:一个财富家族和阶层的末日,领主庄园的末日,一种命运的末日,再加上以下特点:谨小慎微、忧郁悲观的温柔、屈服顺从、衰竭、晚熟

("我们是孩子，我们做了疯狂的事情")以及专属于暮年的幸福。这和巴尔贝克成群结队的女中学生形成了何等鲜明的对比！在这里，只能看到强健的身体、丰富的感情、肆无忌惮、独立张扬以及毫不掩饰的欲望。优秀的社会学家普鲁斯特准确地描述了她们的出身："暴发户"的女儿，来自于无宗教信仰并且正在上升的资产阶级——这个阶级从1900年起已经对自身确信无疑——由政府高级官员以及实业家构成。年轻的女孩好似盛开的鲜花——却不同于拉斐尔画派笔下脸色苍白的童女，像是濒死的土地上萌生的嫩芽——而是生长于坚固结实且肥沃的泥土上。在这两位同样关注妇女儿童的当代作家笔下，人们解读了两首迥异的关于青春的诗歌。

* * *

有个人，作家或是文学家，快要成为一位非常美丽的女士的情人，她虽然写作，水平却一般。她的美丽也因此无可避免地被破坏了；除了愚蠢，似乎没有别的。

但是在这个涉及精神世界的狭小领域，即艺术创造领域中，平庸和优秀之间的差别永远无法估量：天真地以为自己能从事"写作"，而事实上并不写作的人，几乎会令行家里手想到精神病院中自以为是拿破仑的疯子。

* * *

本世纪末的文学与现代战争的军队非常相似，逐渐被笨重的"物流"装备所吞噬。为其照明的装备、提供信息的装备、制作计划的装备、整理档案的装备、盘点物资的装备、为未来转产作准备的装备、实行新方法以及在其实验室中设计未来高级武器的装备。辎重队,辅助部门人满为患。位于第一线的作家,直抒胸臆的作家——没有,或者几乎没有。

* * *

在一份大型晚报的演出版,可以看到仅供巴黎地区上映的电影剧目单,分为三个专栏:法国电影——外国电影——"作者电影"。对此第一反应是笑,但即便幼稚,其中却尝试做了分类,而在出版领域,商业却没有从文学中分离。"无作者的书"作为一个有用的概念,被引入出版业,宣告了工业化文学产业的合理性,使广大读者能够在火车站以及地铁站的书架上、在杂货店的转门上买到印刷品,就像周六晚上去电影院一样简单,而不用弄清楚令人尴尬的、讨厌的来源问题。

然而,我想,这已经实现了。如果我们扫视火车站书店的货架,可以清楚地看到,如今书的封面不再像肚子上一定有肚脐眼那样,一般不再印有作者的名字:某些东西的消失是一种象征,但是并不能引起人们对作家权利的重视。

* * *

从1972年往回追溯到我开始对文学感兴趣的20年代,再从20年代追溯到《情感教育》(*Education Sentimentale*)①和《野诗》(*Poèmes barbares*)②出版的时代,两段时间正好相等。一位作家的生命至少会历经三到四个文学时代,而对他来说,这是不变的风景。他像是深居简出的、真正的食肉动物,在他眼里,什么都没有变化,他就在一块狭小的领土上生

---

① 福楼拜的小说。
② 法国巴纳斯派诗人勒贡特·德·利尔(Leconte de Lisle, 1818—1894)的作品。

活,在其中猎食,并且用排泄物来划定势力范围。他作品的严密性以牺牲自身的特权为代价,超越国家和时间。

超越国家:文字好似一块领土,将具有特殊目的的王国置于至高无上的地位,不受法律管辖(不保证是否有风险),这一王国的要求支配着文字,无论国籍,无论公民资格,更无论约定俗成的道德习惯。超越时间:文字体现着一个世界,这个世界与其融为一体,整个生命使其不受时间推移的影响。

* * *

《神曲》(*Divine Comédie*)中的人物取材于悲剧性的、丑闻性的以及政治性的传闻,这些传闻流传于某个人口拥挤的城镇或小城市中。如此狭小不堪的意大利!就像一个极度失和的大家庭:但丁作了足够多的影射或暗示:这是一个彼此熟知、互相了解的国家。这些人物行为放肆下流,冲突不断——掠夺、诽谤、谋杀、诱拐、争夺遗产、家族争斗——尽管这样的故事和我们有时空距离,却并没有减弱其力度,改变其面目,也不能使读者无动于衷。故事向传说过渡——仅就我对这点的了解——这是对余温未散的死尸面目的改造,这改造甚至会发生在内部:没有一种艺术能比"权力"更迅速明显地表现自身。

* * *

它并不出名,但它那重要的压舱物能够像大船的横摇那样,平衡且扩大它的活动:它能够依据自身的排水量以及他人不能察觉涡流,像冰山一样移动。

* * *

法国人对古代甚或是近代的文学进行评价时,带有一种僵化不变的态度,这种情况一直延续到 19 世纪中叶;从那以后,这种态度烟消云散,取而代之的是不断的变化:在我们的时代,评价以及排名很不稳定,而超现实主义更加剧了这一现象。推崇停滞的拉丁文明,习惯于神化古代,将其视为一个整体,曾经是部分原因:任何一个学生,只要开始识文断字,就不停地接受这一拉丁文化的"融合体",在这融合物中,被认知的人物名字一开始并且总是以相应的顺序和位置出现。

这块美丽的结晶体,长久以来一直被奉为试金石,实际上已经千疮百孔,比乳酪的空洞还多。拉丁文学中足有三分之一的名人并不是作家,但这些无聊的奇闻轶事的搜集者,偶尔也参与了编写魏尔蒙年历①,令人尊敬。而法国"学生"的文学在几百年中始终盲目地将一锅杂烩当作基础——最后,奇特而有趣地,——出现了一批伟大的诗人、伟大的历史学家、业余的哲学家、律师、农学家、教育家、公共设施设计者以及编辑。然而语言,对于其他大部分人来说,就像石块对于柴泥或粘土一般重要,还能或多或少粉饰一下这堆杂物。

* * *

今晚,我在阅读一位杰出作家的随笔集,篇幅从五页到五十页不等。文章结构并不是我们所想的那样条理清晰,表达的想法有些杂乱,可以从几页延长到几十页。

---

① 由约瑟夫·魏尔蒙编撰的年历,于 1886 年出版。

然而,在看完一句无论是语调还是内容都无特别之处的句子之后,我停在了某一页的底端,自言自语道:快看完了。我翻着书,发现这本书还剩两页。

每当看到下一篇散文,灵敏的触觉不需要依靠其内容就能确定无疑地告诉我们离结尾还有几页,就像我们能从一个陌生人的动作的幅度、变化和活力,多少知道他离死亡有多远。一句话的语调、节奏、色彩——以及可能插入这句话的文章所描述的生命过程的必然阶段——年轻、成熟、衰老——它们之间可能存在一种精确且独立的相似关系。有可能,这说明能为眼睛和耳朵所接受,与微弱连续的背景声协调,就像夜间螺旋桨的不断推动,也就是在书海遨游的轰鸣声和速度。

* * *

有关作者立刻进入主题的作品遭受厄运的最简单的例子,莫过于某本战后不久出版的书。这本书在当时莫名其妙地受到冷遇,而我也忘记了书名。书的前六十页描写一场暴雨——瓢泼而下,水花四射,美丽非凡,惊心动魄。接着,排水管重新登场:在两百多页里,读者只能听到汩汩不断的排水声。

让·吉奥诺①的《屋顶上的轻骑兵》(*Le Hussard sur le toit*)也没有完全逃离这个窠臼,封面就泄漏了所有玄机。

* * *

我重新翻阅了阿纳托尔·戴蒙茨②在维希政府时期所

---

① Jean Giono (1895—1970),法国小说家。
② Anatole de Monzie (1876—1947),第三帝国的政治家,曾任司法部长。

发表的作品:《法官的时节》(La Saison des Juges),谨慎而含蓄地反对"国民革命"的诉讼程序。第三共和国的部级官员不止一次地表现出他们的才干,除了学识以外,还有办事能力、智慧、眼力。这本书的作者属于受过良好教育,举止礼貌的贵族阶层。这个阶层经过综合理工学校、莫雷会议①、巴黎高等师范以及财务督察的教育和锻炼,在那个时代,"学校"以及"人文科学"还足够傲视群伦,并且下面还有骑士以及小贵族为代表的中间阶层:相对于现代资本主义权利基础,这一结构与中国的封建官僚制度更为相似。

然而这样的天赋以及智慧却毫无用处。对于律师——蹩脚律师——而言,既需要为"重大事件"进行辩护,但也绝不排除对其提起诉讼的可能。在他们的未来,因为赦免或诉讼时效的采用,他们不再会进行没有利益的辩论:脖子粗壮的国家缔造者以及暴君们所沉迷的强烈的无为之感,到了律师这儿则成了免于起诉。

* * *

一打开福楼拜的小说,读者就能了解:个中的生活涉及范围很大,离现实也有一段距离,读者能够以相当的距离,以一种苦涩且厌恶的快感来观看开头和结尾。故事在开始前就结束了,小说语气处处可见。《情感教育》或《包法利夫人》(Madame Bovary)是一个例子,《萨朗波》(Salammbô)是另一个例子,都一个样:"这是在迦太基郊区的麦加拉的阿米尔卡花园"……就好像墓室刚刚被打开,刚刚拆除发掘中的篷布、支架和刀具:其中一名助手,倒叙着。

---

① 指莫雷·托克维尔会议(Conférence Molé Toqueville),即国会会议。

* * *

兰波作品的微妙魔力,有时表现为一种难以察觉的口吃,一种轻微的震动,一种表面看来笨拙的懊丧,一种几乎无意识、毫无来由的才气,然而细细体味,却能发现其中蕴含着无穷无尽的艺术魅力:这种魔力就好似一个女子轻轻地斜睨所散发出的妩媚。

今晚一切都似乎过于快乐

是的,新的时刻至少很严峻

多数是因为你,哦,大自然
啊!我才不那么孤独而无能地死去

田园旅社从来没有对我大方地敞开过。

这种美妙的不平衡,就展现了《眼泪》或《回忆》等诗的魅力(在《眼泪》一诗中,复杂的叠音与不和协音一起吸引着读者)。兰波这位青年天才的语言,本身具有青少年变声的那种模糊以及不协调的魅力:清脆的音节、间隔的出现,在傲慢的年轻人开始变嗓时,更显纯净。

《爱情的沙漠》(*Les Deserts de l'Amour*)和《伯赛大》(*Bethsaida*):兰波最受推崇的两篇散文。个中词句令人赞叹:"他紫红色的房间,玻璃窗上糊着黄色的纸。他的书,不见踪影,浸在海水中。"或者:"屋里的灯光一个接一个地染红了隔壁的房间。"在我所阅读的散文中，没有一篇能媲美《爱情的沙漠》，其中无与伦比的想象以及无可挑剔的遣词造句配合得如此和谐。《伯赛大》:《世纪传说集》这一节如同钉在墙上的标记，简短地总结了法国二十年中出现的众多诗歌。耶稣很少成为兰波的题材，但一旦运用便非同凡响:"撒旦，费尔迪南和野生的种子一起到处飞舞。耶稣走在红紫色的树莓上，却没有将之踩折……耶稣走在汹涌的河水上。在灯笼的亮光中，他站立着，头发花白，结着发辫，身畔泛着翠绿色的波浪。"《伯赛大》远远地投下一束光，令诗歌给人以强烈的印象:照射在静止的水面上的光，"黄得好似秋日最后的葡萄藤。"

* * *

某一天，我已经忘了确切日期，我重新翻看了勒诺尔芒①所撰的《一位剧作家的忏悔》(La Confession d'un auteur dramatique)。在漫不经心的阅读中，我没有留意作者的文采(尽管可圈可点)，却沉迷于其中阴暗沉郁的氛围，它囊括了一位剧作家三、四十年前的生活，他的爱情、烦恼、骄傲、爱好;他也许并不伟大，却至少在整个欧洲名震一时。那数以百计的戏剧，尽管希望能够长久流传，然而谁还会读它们呢?谁还记得它们的名字?甚至曾经为之叫好的人也已将其遗忘。曾经被无数掌声热捧的那些演员们，谁还记得他们的名字?而那些导演、作家以及评论家的争吵和愤怒铺天盖地充满了《忏悔》一书。勒诺尔芒引用了两次大战之间，见于报章上的一些论战片断:其中弥漫的硝烟令人目瞪口呆。实在是

---

① Henri-René Lenormand (1882—1951)，法国剧作家。

无聊至极!

戏剧的诅咒。在阅读《忏悔》的过程中,我觉得很奇怪,勒诺尔芒在他的时代里慢慢走过一生,却没有带上我们所说的时代的现实烙印:就像是滋生避光白蚁的长廊在光线下呈之字形向前延伸。在一个时代中,生活,作为一位藉藉无名的作家的作品,似乎凭着某种拙劣的魔法在一个短暂而脆弱的区间内滑行着:残忍而健忘的观众,无法抗拒的魅力,早早成名的演员,被其阶层所鄙弃的批评界泰斗。这一切都被人飞快地遗忘了,如同一个迅速潦倒的电视播音员,尽管他此前曾在两次经济萧条时期风靡整个巴黎。永恒对于这位被遗弃的人而言:是黄沙上的字迹,是一座纸糊的房子,是更快地衰老,是昙花一现。

戏剧的灰烬。勒诺尔芒即使在成功之际,也比其他人更敏锐地感知到戏剧毁灭性的衰落及其影响,并且不止一次地将此作为剧本的主题。破旧不堪、生满蛀虫的布景被装在板车上运走,吱呀作响,这是剧作家的约里克头颅:无论过去还是现在,纵使场景再梦幻美好,纵使将军们的胜利再辉煌,舞台背后总有一辆小推车。在《忏悔》一书中,有几页以高傲而悲伤的语气叙述这最后的衰退,相当庄严:这是曾经备受赞赏如今却被遗忘的作者的苦涩心情,他在去世之前就已经备感凄凉。除了几位伟大的剧作家以外,哪一位不是辛酸地老去?他的作品被出版甚至被阅读,也许并不会被遗忘。但是也会在故纸堆中沉睡,就像朱丽叶期待着被救醒:出版的戏剧与其说是一本书,更不如说是汲取汁液的植物胚层。正是如此,在一瞬间便荡然无存。人类的激情和各种感情之间的差别很难表现,但是人们将感情分门别类、重复演绎,终于做到了这一点,尽管尚有不足之处:易怒、诅咒、摔门、屈服不语、凶狠的眼神。放松的神经、短暂的平静、愉快地重逢、交织着希望和绝望的不安心情、宣战、最后通牒、泪水迸溅。一场戏莫名奇妙地开演后,这充满激情的语言便降临在舞台上;那些天使,手指放在嘴唇上,踮着脚尖迅速地穿过舞台。一位曾经声名煊赫的剧作家不再为观众接受,这与小说家和诗人的遭遇不同,因为他们慢慢地"被冷落",心情并不痛苦;他的遭遇更类似于一个坚信爱情的人忽然发现情人的笑容如冬天的冰雪:这种颤抖,这种情感流露,这种热烈的爱情从舞台上扩散到剧场内,就好像从一个人的手传递到另一个人的手上,这样的传递会停止吗?一本逐渐被遗忘的书就好似一幢墙灰慢慢剥落的屋子,而对于衰落的戏剧作品,则是飞速而至的残酷现实,嘘声,以及作品积压和公开发售带来的屈辱:演完最后一场戏后四散于巴黎角落的演员、被覆盖的海报、喜新厌旧的观众、被拍卖的旧衣、发霉的仓库。支离破碎的诗歌①:人们甚至抽签决定衣服的去向;天才和偶然的复杂结合曾经造就一刻的感动以及独一无二的热情,但这已经无法再现于世。"游戏结束了,而天亮之前,幽灵们在后台重新玩着这些游戏(恳请夏多布里昂原谅我的引用)。"

* * *

"(他的精神)如同荒凉辽阔大地上残存的罗马古道";这是圣伯夫②《快感》(*Volupté*)一书中的佳句,比喻一些颇具才华,却没有得以施展的人,例如居于外省的马基雅维利和身处乱世的卡蒂利纳;他们都是住在农村的人,正如小说中所

---

① 原文为拉丁语 Disjecta membra poetae.
② Charles-Augustin Sainte-Beuve (1804—1869),法国作家、文学史家、文学评论家。

阐述的那样:首都绝不会让天才长期得不到发挥。

* * *

"若是得不到满足,则不能听之任之"[①]将会成为时下20岁这一代人的格言。行动的需要以及愿望是年轻的同义词,使得现有或即将获得的幸福不会过早凋零。具体的目标一经确定便消失殆尽;在行动中只剩下对所有目标的否定,只剩下"革命",这是面对可怕的未来所作出的令人心安并且祈求宽恕的借口,与波德莱尔的句子"世界之外,无论何处"异曲同工,正如超现实主义早已洞察的那样。

* * *

将近1925年的时候,南特中学的最高班(我是说高中的文学班)在课上就诗歌进行学术讨论,形式固定:讨论只有三个选题:《湖》(*Lac*)[②]、缪塞[③]的《回忆》(*Souvenir*)以及《奥林匹亚的忧伤》(*Tristesse d'Olympio*)[④]:由于限定片断,没有其他选择,三个主题平行展开。我们东拉西扯,兴致勃勃,就像谈到自己的鼻子一样平常,但是我们充满了热情,并且持续一整天。R. 喜欢《湖》;也许他在鸟类的骸骨中感到它振翅高飞的能力,这是圣普安[⑤]的天鹅。G. 并不赞同:作为平民,他更欣赏雨果,在其笔下,穷人的悲惨命运并没有完全被无视。我则推崇《回忆》,这是因为受到了来自于 P. 的巨大

---

① 原文为拉丁语 Satiata, sed non lasata。
② 法国浪漫派诗人拉马丁(Lamartine, 1790—1869)的作品。
③ Alfred de Musset (1810—1857),法国浪漫主义作家。
④ 雨果的作品。
⑤ 指圣普安堡,拉马丁的产业。

影响。他学识不多,口才极佳,口袋里装满了父亲给他的零花钱。每周日,出于某种令人费解的原因,我们会破例让他参加在水手街集市上进行的讨论:他会出现在晚上的讨论活动上,当大家都无精打采的时候;正是在这样的场合,某一天,他以一种含混不清,来回反复的语调,引领昏昏欲睡的我开始阅读《罗拉》(Rolla)①。

这些旧时代天真的"小骑士们"在乳白色的灯光下朴实地低语的时候,在院子里来回不断地踱步的时候,重复着陈词滥调的辩论以及空泛无聊的争吵,而我则昏昏沉沉地听着。在我当时的年纪,之后成为我同学的L君当时已经认为波德莱尔已经过时,开始阅读他认为不错的兰波和阿波利奈尔②。这样的改变并不大,也不好,应该为之遗憾吗?我们不是驯顺的家畜,我们也不是老师的鹦鹉。当时我喜欢——我认为我们是真正喜欢,而不是强制自己喜欢——那些丰富而雄辩的语言;这些语言使法国的浪漫主义走到了尽头,它既富有表现力,又受到革命后冗长华丽、浮夸且富煽动性的风格的影响(我从未看到批评家指出过这一点)。在帝国二十年的压制下,一种不断希望抛头露面的渴望似乎为自己难以遏制的滔滔不绝意外地找到了其他宣泄的出口:雨果、缪塞乃至拉马丁的诗歌与德国、英国和俄国的浪漫主义之间的不同之处,并不在于它们巧妙地集拜伦、卢梭、歌德、夏多布里昂或奥西恩③于一体,而更类似于韦尼奥④高谈阔论以及雅各宾党人的夸夸其谈,尽管并不完全相同。一切有赖于时

---

① 缪塞的作品。
② Guillaume Apollinaire (1880—1919),法国诗人。
③ Ossian,3世纪的苏格兰吟游诗人。
④ Pierre Vergniaud (1753—1793),法国政治家,吉伦特派的主要人物。

间。要领会法国诗歌的第五个要素,如果不是从这些洋洋洒洒的长篇大论,这些登峰造极的音韵节奏,以及那卖弄才华的华丽词藻入手,就可能会有些遗憾:令人感到伤心的内容,繁杂冗长的内容,掀起高潮的内容,令人兴奋和疲惫的内容,总之,就是我们称之为抒情的玩意儿,是当代文坛重新掀起的潮流,即便还只是在萌芽时期。我不否认青年人之间的辩论和百花诗赛①一样令人感动,令人怀念,也不否定曾与我们有着相同情感的那些人。

天空并不忧郁,田野并不悲伤。

不!太阳在无限蔚蓝的天空中闪耀,阳光洒在一望无垠的大地上……

这些句子来自于忧郁的思想。我有时会有重读《奥林匹亚的忧伤》的想法。曾经,当我们把学生时代的练习册以及书的"选段"付之一炬,便不再翻开它。我不知道 G. 君现在怎么样了——我好像听一位同班同学说,R. 君好几年前就去世了。中学的院墙外会传来从圣克雷芒转弯过来的有轨电车的乐音,以及表明它们快速驶向火车站的急促的铃声,我很久没有听到了,只能看见马路对面植物园里高高的木兰树的绿油油的叶子。从马路上看去,墙显得那么高,在墙的另一边,那些开始萌生诗歌兴趣的孩子们在讨论些什么呢?

* * *

我阅读了从《弗朗西斯·雅姆全集》中选取的一卷。我

---

① 得名于古罗马的节日。百花诗赛始自中世纪,每年评出最好的诗歌,并向其作者颁奖。

们将可能是这本书的最后一代读者,却已意兴阑珊。我对书中叙述的事情非常熟悉:蓝色的井水,市民家里夏季使用的凉爽阴暗的地窖,神甫花园里的鲜花、木犀草、石竹、金鱼草、紫罗兰、天芥菜、蜀葵——黄蜂和苍蝇在藤架里嗡嗡乱飞;采摘梨子;用铜锅熬果酱,我们会用手指把醋栗的白沫刮去;在打猎前夜用紧口器来制作子弹;从事卑微而有趣的职业的人们仍然满足于农村收入不高而慵懒的生活:洗衣女工、磨刀匠、上门服务的烫衣女工、缝补女工、褪羽毛的女工、收兔皮的小贩。我还开始阅读母亲珍贵的藏书。这些书由贞德学校赠送,"有椭圆形的装饰物,以及烫金的书名"。我见过学校里孩子穿的塞着草的木鞋,冬天的冻疮,春天时,我们会去草丛里将布谷鸟的蛋捆起带回;复活节时,我们会用刀豆汁将蛋染成紫色。我还和朋友们一起爬上树掏鸟蛋。这是动植物和谐相处的乡村,这里既有人类的智慧,也有大自然的创造,尽管这里的人们生活拮据,但是凭借着自己的果实,他们能够制作面包、葡萄酒、果酱、香肠、熏火腿、腌黄瓜。

是的,我在这里发现了这一切,也只有在这里,我才能感受到纯朴可爱的文明,几乎类似于新石器时代的,却远离现代科技。但是我不喜欢他在诗中描绘的乡村生活,尽管我还是喜欢阿兰·傅尼耶对于学校里空荡荡的操场描写。太温和,掺杂了太多祷告,加之受安杰勒斯①影响太深——其思想与约瑟夫·德·佩斯基杜②先生较为接近,而与维吉尔③差别较大。在我童年时代,圣弗洛朗④的住户们相隔不远,

---

① Angelus Silesius (1624—1677),德国宗教诗人。
② Joseph de Pesquidoux (1869—1946),法国作家。
③ Virgile (前70—前19),古罗马诗人、作家。
④ 地名,朱利安·格拉克的出生地。

他们会交换南瓜子,相互拜访,甚至共享家传的菜谱!但是会有一条不可更改的分水岭:我家属于非教徒,我只能从墙外望进神甫的花园。

另外,在雅姆身上自然还有"天生"诗人的一面——就像世界上有天生的棋手一样。他对其他东西的有无毫不在意,这很可惜。圣伯夫在那里写过"费多①从那以后放松了,他再也不数数了"。他从一开始就很放松,不加克制——殷勤而虔诚。这是一位饶舌的诗人,很快地爱上了自己絮絮叨叨的声音:这是诗歌中波德莱尔强烈、成熟而浓缩的精髓的根源。他也有非常明显的地域局限。在我看来,贝亚恩就是他所描述的那样:以比利牛斯山激流闻名的地区,气候湿润,阳光充沛,光线充足而强烈,好似一条鳟鱼——但只是沿着地平线圈起来的窄窄的一块地方,没有野外的景色,长满侧柏和玉米的绿油油的丘陵上空,没有盘旋的兀鹰,只有飞翔的山鹬。他雇了一个厨娘,养了一只狗,抽抽烟斗,擦擦靴子,偶尔去拜访一下本堂神甫奥泽荣先生,在乡间逗留几天,差不多是一个外省诗人的样子。

不必对此诟病不已。他有时是一个很吸引人的诗人,只是有时而已。没人会像他那样絮叨乡村诱人的菜肴,冲洗得干干净净的红砖地,头靠在脚爪上睡觉的狗,夏日黄昏,饭后在紫藤下的门槛上对着水井抽烟斗的生活。

* * *

即时远程通讯时代的到来,使得从前经常见诸笔端的

---

① Georges Feydeau (1862—1921),19 世纪法国著名喜剧大师。

"消息延迟"这一痛苦主题至此退出历史舞台,拉辛①所著的《巴雅泽》中的情节还能令阿孔特为所欲为,而在斯陶芬伯格②上校的时代——1944年夏,他和同谋,在类似的情况下,仅有几分钟的时间:元首受伤后抓住话筒的时间。

* * *

法国的散文中,存在着矫揉造作的习气,令我在阅读中失去耐心:阿兰和马拉美③的作品就是如此。尤其是在后者的散文中,内容干巴巴地铺陈于拉丁语风格的句子中,就像是躺在普洛克路斯忒斯④的床上,语言主要绕着连词打转,就像是在圆环上打转的珠子。马拉美在散文中不断隐晦地使用绝对夺格、同位语、不定式、动名词、行文不太连贯,有些磕磕巴巴,同时也能看到作者明显地克制这一点。

* * *

似乎很少有人注意到在小说中有些东西总是一起出现的,而这一点令我很感兴趣:人物、动物、云彩、话题、景色,这一切都紧密地融合在二十万字的有机体中——时间和距离失去了弹性,女主人公第一次青春的萌动总是被二十几页描述第三主角出场的文字打断,一行半的插入句总是会让身为贵族的父亲在吸了第二撮鼻烟之后,用手指弹一下上衣的翻

---

① Jean Racine(1639—1699),法国剧作家,与高乃依和莫里哀合称17世纪最伟大的三位法国剧作家。
② Graf Von Stauffenberg(1907—1944),二战时德国军官,是参与反纳粹政变和刺杀希特勒的核心人物。
③ Stéphane Mallarmé(1842—1898),法国象征主义诗人和散文家。
④ Procuste,希腊神话中海神波塞冬之子,在从雅典到埃莱夫西纳的路上开设旅店,旅客投宿时将身高者截断,身矮者则强行拉长,使与床的长短相等。

边——每次当我们重新翻开小说,这一切总是以同样的节奏,从第一个字直到最后一个字展现在我们眼前,就像在《空壳子》①中,放在苏特恩②瓶中的小马面对的总是同样的驯马场,同样的赛跑机制,以及必定同样的驯马师。然而,从某种意义上来说,这能行得通! 甚至可能复活:对于创造者来说是何等的耻辱啊! 而读者又是何等的聪明!

* * *

色情书籍。在现今这个时代,这样的书铺天盖地。没有一个作者意识到这门艺术的黄金法则,在这样的领域里,从写诗的角度来看,只有第一步最重要,甚至也不是第一步:第一个动作,第一个离经叛道的眼神。感受到皮肤上冰冷的火,感受到寒冷而灼热的像是地震前夕吹过地面的风,感受到扼住喉咙的感觉,在这之后,不再存在任何东西——任何可以让作者发挥的东西。但是接受了作者的酬金,而在他们耳边不断重复以下话语的提词者在哪里呢?

……够了,——不要再写了
已经没有从前那么甜蜜了吗?

* * *

昂热,圣-让博物馆大厅里举行的钢琴演奏会。这间哥特式的大厅,由柱子支撑,非常美丽,墙上装饰着一系列吕

---

① 法国作家、剧作家、诗人雷蒙·鲁塞尔(Raymond Roussel,1877—1933)的小说(*Locus Solus*,1914)。
② 指苏特恩白葡萄酒。

萨①的壁毯(《人们的歌声》Le chant du monde),从下往上照明,令那些摆满乐谱架的传统音乐厅相形见绌。但是哥特式的拱形窗,古典钢琴,肖邦以及吕尔萨打断了某种积淀,于是我明白了我们是多么习惯于生活在艺术层中。因为文化植根太深,混合物不可或缺地成了唯一能够刺激麻木神经的东西。

* * *

曾经,在整整十八年中,我都对1940年的那场战争记忆犹新,而自从我写了《林中阳台》(Un Balcon en Forêt)之后,对其反而记忆模糊了。想起来的时候,也是事不关己的态度,自己也很难解释出于什么原因。上年纪了?抑或是年代隔得太久远?不是,书里记述的就是这段历史,而在成书之后,记忆并没有更新,这样的事情已经发生过一两次了。这让我明白了成名的作家在进入老年之后所遭遇的灵感荒,例如歌德,甚至克洛岱尔偶尔也会如此(我列举的是一些著名的例子):他们果断地在正确的地方凿井,深处的水源因为灌溉花园而干涸。并不是像我们愚蠢地揣测的那样,"江郎才尽"——而是过于呕心沥血之故。由此,就产生了失败的作品,对于作家而言,这并不是时间的浪费,时间并不算什么,而是灵感的浪费:他没有捕捉到如泉涌的思路——这是独一无二的合金矿——白白投入的才华是收不回来的。至于我,我一直明白每本书都会耗去作者无数的精力,因此总是犹豫着不动笔。我希望——太清楚这无足轻重——永远都不会使用印钞的铜版。

---

① 让·吕萨(Jeans Lurçat,1882—1966),法国壁毯艺术大师。

* * *

《现代史内幕》是一部蹩脚的小说,纪德可能会根据从美好的感情到拙劣的文学这一理论进行引用。修道会——真正的修道会——造成了他的多愁善感。但是这本书——和《十三人的故事》一样,尽管质量好多了——仍然是《人间喜剧》的奠基石,并且巴尔扎克在写作的时候保持了他的平衡观。《红与黑》中充满了对秘密社团的偏好、快感以及浪漫主义,在历史上只有复辟时代见证了这些东西;这是这个时代的社会特征,而那个时代的人,夏多布里昂或是司汤达,则毫无例外地认为这是继拿破仑统治后的一个平庸的时代(这个时代的文学成就之于第一帝国,就如同旺代战役之于法国大革命,都是一样的灿烂辉煌)。公理会—烧炭党—共济会—效忠骑士团—"秘密集会"和"骑士旌旗",秘密社团处处兴起,无论是左派还是右派:只有在这个时代里,统治国家的政党永远将其主要力量藏在地下。没有比这个更惊人的了:1815年,第一帝国的遽然崩塌使得舒昂党人和雅各宾党人开始交锋——这两个党派已经暗斗了十五年:最终,富歇① 提前决定复辟。《现代史内幕》的观点是,它所呈现的这一"好阴谋"是一个英明之举,是最能体现那个时代的特征:可惜小说没有写好。

* * *

在阅读于勒·拉福格② 的《诗歌全集》(*Poésies*

---

① Joseph Fouché (1759—1820),法国政治家,在大革命中起重要作用。
② Jules Laforgue (1860—1887),法国象征派诗人。

Complètes)时,我没有感受到多少愉悦的心情——此前,宣扬宗教的《传说中的美德》(Moralités légendaire)早就对我毫无吸引力。《黄色之恋》(Amours Jaunes)的作者特里斯丹·科比埃尔①放荡不羁,《电影摄影术》(Cinématoma)的作者马克斯·雅各布②则有狂狷风范,他们两位走得更远,似乎更有天赋。语言不连贯,调侃不多,词汇乱搭,仿佛是镀金木板上残破的金属皮,又像是人们在利沃里路(rue de Rivoli)③上的橱窗里看到当季廉价饰品。刻意地胡乱搭配词汇并不能使人感到另一种顺序,只是怪异而已;新的混合成分并能融为一体,拉福格还把词的混合成色和音韵乱七八糟地陈列出来,他似乎没长耳朵。音色刺耳、尖利,互相冲突,毫不协调:在技巧方面,他在诗歌上的地位略微类似于一个没有成年且碌碌无为的斯特拉文斯基。

挑逗性的玩笑语气,辛辣而明目张胆的无耻,三流画匠的工坊,人们酒后聊天的小酒吧:粗人(Vilains Bonshommes)④的风格统领法国诗歌达一个世纪之久。浪漫主义诗人菲洛泰·奥奈迪⑤和佩图尔斯·波莱尔⑥早就宣告了这个时代的到来,兰波不经意地定下了这一语调,同时影响了努沃和魏尔兰——而在克罗,甚至偶尔在拉福格作品中也能发现兰波的影响,阿波利奈尔没有忽视这种语调,雅里⑦创新

① Tristan Corbière (1845—1875),法国诗人。
② Max Jacob (1876—1944),法国诗人、小说家、画家。
③ 巴黎市中心路名,濒临卢浮宫与杜伊勒公园。
④ 魏尔兰、兰波等人成立的诗社。
⑤ Philothée O'Neddy (1811—1875),法国作家。
⑥ Pétrus Borel (1809—1859),法国诗人、作家。
⑦ Alfred Jarry (1873—1907),法国诗人、小说家、剧作家。

了这种语调,并与后世瓦谢①和达达②略带生硬的语调之间存在必然联系。

拉福格青年时期的诗歌:只有一个萦绕其中的主题:孤独的地球,存在的虚无。Lamma sabacthani③ 是其中明明白白的主旋律,然而在青少年的绝望情绪中有着一种习作的痕迹。

* * *

重读了波德莱尔所写的有关爱伦·坡和魏格纳的诗篇。其中《玛丽·克莱姆》一诗庄重、感人、恭敬,就像他另一首诗《好心的女仆》:在波德莱尔笔下(我同样想到了《一群小老太婆》),有一种在其他诗人作品中几乎看不到的特点,并且这是最不为人知的伟大之处。他会因为这些修女、女仆以及祖父母,对这种不知名的、代替母爱的情感直抒胸臆:不知年龄的修女,脸色苍白,戴着头巾,一双辛勤劳动、救死扶伤的手,似乎整个就是善良的化身。母亲改嫁奥皮克一事对他而言是悲剧,也许正因为如此,他本能地,却又心碎地向某位被深爱的母亲深深地祈求。这是惟一一位作家(和普鲁斯特一样)能让我们回想起,在我们曾经是孩子的时候,有时会幻想成为自己的祖父母的儿子:超脱的母爱,平等,安详,取之不尽,被死亡所净化。而死亡之于尘世的母爱,就像光之于热。

---

① Jacques Vaché(1895—1919),法国作家、画家、达达主义者。对超现实主义,尤其对布勒东,有着深远影响。
② 达达(Dada),1916 瑞士苏黎世出现的文学和视觉艺术运动。艺术史上称之为达达主义,
③ 写在十字架上的希伯莱文:"eli eli lamma lamma sabacthani"(我的上帝,我的上帝,您为什么离弃我?)

＊　＊　＊

　　雨果让我们看到了一位才华普通的伟大诗人,这一事实令人难以承认,甚至令人不快。没有一位伟大的法国诗人能够不受贵族阶级的影响,维庸也不能免俗,除了雨果。回巴黎上任伊始,在几天内,这位老人鸣起了号角:他以一种无与伦比的本领校正了法国的陈旧用语,后来戴鲁莱德①,整个法国,以及1914至1918年期间的日报都从中受益匪浅:斯特拉斯堡雕像,用来浇筑庆祝胜利用的铜像的钱币,与儿子站在一边的白胡子老人("我对舍尔歇②说,我希望和我的儿子们一起出发,如果他们所在的炮兵中队开往前线的话。气温为10度。我要让人做一件士兵穿的风衣……在卢浮宫百货店买了一件军大衣:19法郎")。这一切就像是《十日谈》的故事,翻来覆去,总有鬼魂、撩起裙子的女裁缝以及摔跟头的洗衣女工:雨果晚年的私生活像是《两个孤女》和《送面包女工》里描述的那样混乱("救济X女士;亲吻:5法郎——救济Y女士;全部:10法郎)。他的背井离乡,他对朱丽叶特的感情都不会成为人们的笑谈——他对被雷劈的老橡树所表达的悲伤之情足以令人感动。这些对他毫无增益;撇开他的书,他只是巴黎的一个普通有产者,守着钱财、带着软帽睡觉、能通灵,预测未来的有产者,但仅仅是个有产者:一具穿着礼服的铜像,口袋里装着存折、作者版税、英国公债、旅行支票以及对女仆的"施舍"。

---

① Paul Déroulède (1846—1914),法国诗人、剧作家、小说家、政治活动分子。
② Victor Schoelcher (1804—1893),法国政治家,以废除奴隶制而闻名。

但是他却越来越自大。1870年8月底,当他从根西岛①回来的时候,所写的日记毋庸置疑地证明了这一点:他坚信法国以他独尊。这不再是夏多布里昂的"拿破仑和我",而完全是"拿破仑或我":

"我会说:专制是一种罪恶。我将犯下这种罪恶。我会承受这种痛苦。在完成这部作品后,我无论是失败还是成功,我都能拯救共和国和祖国,我会离开法国,不再回来。

因为犯下了专制的罪恶,我以永远背井离乡来惩罚自己"(1870年8月30日)

迟钝的我足足用了十五分钟,想象这位不再使用亚历山大体的、奇特的"辛辛纳图斯②"的六个月的生活,也许他是和瓦克里③这位骑兵队长在一起吧。

当然不是!绝对不是!这是他两个时期的文风——就像是两次点火的发动机——这是他的文风,带动着他,松开缰绳,任由自己的笔驰骋:

没有什么是秘密的,没有什么公开的
一切都是黑暗的深夜,一切都是明媚的白天。
可以看到伟大的光明从时间、空间、数字中走来,
战胜巨大阴影。

---

① 根西岛(Guernsey,有时也译为格恩西岛)是英国的海外属地,位于英吉利海峡靠近法国海岸线的海峡群岛之中。雨果在当地置有房产。
② Cincinnatus(前519? —前439?),罗马政治家,曾任执政官。
③ Charles Vacquerie(1817—1843),雨果的女婿。

现在看以下这段文字作为对比,这是1848年的时候,雨果具有精准的远见:

> 有两种社会主义,好的和坏的。其中一种想用"国家"代替自发活动,借口给所有人幸福,其实是剥夺了他们的自由。好似一个修道院,但又不是我们所想象的修道院。这是一种冷冰冰的神权政治,没有神父,没有上帝……

雨果的面容逐渐衰老,却始终没人知道他的相貌然而向来都是如此:一方面,他声名显赫,另一方面,他的面貌却无人了解。比较他和同时代大人物的照片,他背心上的表链占据了相当的位置,构成了其外表特征。雨果并没有确定的面貌,而是集合了众多其他人的面貌,他并没有带上至高无上的面具:我们所知的、他不同年龄的肖像,就好似乱七八糟的相册。我们会首先想到的这位老人,患有偏头痛,死后被安葬在先贤祠,他的照片似乎并不属于他个人,而属于一个时代(他的唇髭、胡须、黑色领带以及背心),这真是很奇怪的事:如果把他的照片混入官员照中间,例如杜弗尔[①]、弗雷西内[②]或者夏尔·迪皮伊[③],那么没有人能够轻易地分辨出他们。

* * *

在散文中,雨果偶尔表现出自己迷人、幽默的一面:《海上劳工》(*Travailleurs de la mer*)开头,有关于盎格鲁-诺曼

[①] Jules Dufaure (1798—1881),法国政治家。
[②] Charles de Freycinet (1828—1923),法国政治家。
[③] Charles Dupuy (1851—1923),法国政治家。

底的岛屿那几十页，让我读得很愉快。其中的文字所蕴含的力量（一直能体会到它）似乎将要一触即发，却笔锋一转，一切便化于无形。这种过剩的力量不受拘束，处处体现，似乎是一首轻快的随想曲，就这样，准确、调皮、轻松的文字令人着迷。他以假扮根西岛的居民为乐：因为书的内容涉及到岛屿，因此其中有个带着园丁帽的拿破仑，站在谷仓前，和费约港当地的居民喝酒碰杯。

然而，后面还有其他内容！我想不到雨果竟然会写如此荒诞的东西。有几章，例如"在阴影下"，"海洋上的大风"，似乎是某个岛上的狄摩西尼①在用尽全力、喋喋不休地说话。于是，尽管并非作者初衷，却还是不幸地、有理有据地与《纯洁的概念》(Immaculée Conception)中的对疯狂的模拟相映成趣。同时，诗人断裂的语言组织，令人联想到（因为书中提到"杜兰德号"）冒出水面的疯狂旋转的螺旋桨。

* * *

《红与黑》。十四岁时，在一本文学课本中读到了几行关于司汤达的文字（我觉得是七、八页，不会再多了）。当时我从来没有听说过他的名字，对他一无所知。这些文字令人想起泰纳②的评论——我记得是对司汤达心理的说明——激起了我的好奇心；书的名字，以及作家的名字令我感到新奇并且愉快。在那个时候，一个中学寄宿生几乎没有办法获得

---

① Démosthène（前384—前322），古希腊政治家，著名演说家。
② Hippolyte Adolphe Taine (1828—1893)，法国19世纪杰出的文学批评家、历史学家、艺术史家、文艺理论家、美学家。主要著作有：《拉封丹及其寓言》、《巴尔扎克论》、《英国文学史引言》和《艺术哲学》等，对欧洲文艺界产生过强烈而广泛的影响。

司汤达的作品；这位"玩世不恭"的作家周围仍然弥漫着异端气息，他的作品无法进入"社区图书馆"。我求父母——我第一次这么做——购买这本书；他们没有听说过这本书，因而没有反对，于是我几天后就把书拿到了手：这个版本含有两卷，封皮为绿色，直到现在，我还会拿来翻几下。一打开书，章节标题以及卷首题词令我惊异不已（我始终偏爱分成章节的书籍、有标题的章节，最好还有卷首题词），我的大脑中涌起一阵莫名的、放肆的快乐和狂热，使我陶醉；看了几页后，我完全被吸引住了。读完，我马上又重新开始阅读，接着，又一遍，又一遍。在整个中学期间，这本绿色封皮的书从来没有离开过课桌的底部；从下午五点到七点半，我学习，更确切的说，我推迟自己的快乐；从七点半到八点，我每天晚上重读奇妙的章节，重新坐上飞毯；到了年底，如果有人随便读出书中的某个句子，我都能几乎没有错误地背出之后半页的内容。

《红与黑》让我打破了超现实主义的瓶颈，我从那时起改变了约定俗成的习惯，这样一种早已使我变得驯服的习惯。每个夜晚，当我合上绿色的封皮，总处于一种平静之中，一种从智慧与感情上对既往易于接受的事物的默默反思。我阅读这本书时，会忘却周遭的一切，我被灌输的一切，正如于连·索莱尔①阅读《回忆录》②时远离社会与宗教信条一样。但是，这种不接受教条的目的依然处于非暴力与非反抗的状态：度假时、分离时、独居时。

---

① Julien Sorel，司汤达的小说《红与黑》中的主人公。
② 这是一本关于拿破仑的回忆录，作者在圣·艾莱娜这个地方与拿破仑对话，并将之出版成书，全名为《在圣·艾莱娜的回忆录》(Mémorial de Sainte-Hélène)，创作于1822—1823年，作者是 Emmanuel de Las Cases。

我想,大概四十年间我再也没有读过《红与黑》:此种淡忘提醒着我,警示着我,因为它是对爱的遗忘。《红与黑》是我对文学的初恋,一种原始、眩目、排他的爱,如此以至于我无法将之与他物作比:它是我希望回忆的爱,而不是回忆书这个客体(当然此书不愧为好书)。但愿不要让我去验证才好。书中有一种青少年时期炙热的文学情结,像少年最初燃烧的心灵以化为灰烬告终,奇怪的只是为何我少年时期会对这样的"禁书"着迷,一本不属于我那个年龄的书。也许在该书里保存着我青春而充满幻想的涟漪,正如德·沙里埃夫人与邦雅曼·贡斯当①的相遇一般。

* * *

"他矫枉过正,有时尽善尽美的美好愿望不是总能与付出的努力相符"(阿莱维关于狄德罗的评述),《红与黑》是表现法语优雅写作风格的典型:不单因为精致,更因为它是我所谓的"雄辩的、举世无双的"精致:每个词汇的出现似乎都不可替代,其特点显而易见,就像是拼图中的一片,似乎注定要来填补这个空白。于读者而言,这种文风的盛行难免有故作风雅之嫌,正如魔术师卷起的袖子。在遣词造句时,总会有一些卖弄学问的杂音:无法忘记的是两个世纪以来,在我们国境之外——法语因为不易掌握而成为有教养的象征,它的精致和与众不同使说法语的人可以得到他人的赞美——它曾经被冒充高雅、口若悬河之人所使用,就像街头杂耍艺人玩弄纸牌戏法一样:只为了吓唬其

---

① Mme. de Charrière (1740—1805):用法语写作的荷兰女作家;Benjamin Constant (1767—1830):用法语写作的瑞士作家,长期在巴黎居住。两人于1787年在巴黎相遇,因为文学而成为朋友,长期保持通信联系。

观众。稍稍留意,它还是一种"翘着小姆指"书写的语言。

* * *

无能为力。我徒劳地为法语不向书面化发展寻找更高贵的后盾:正如图尔地区属于巴尔扎克的住地,博瓦斯索地区①的诺昂②,诺曼底地区的埃特莱塔、圣·瓦莱里·昂·科、迪埃普③对于我而言,依然是阿尔塞纳·鲁宾④的国度,在那里,1910年的"两厢车"与快速列车赛跑,在那里,没有经验的年轻人依斯道尔·博特莱⑤骑着自行车围着空心岩柱⑥转悠,就像指南针的指针围着极点一样。在悬崖绝壁的缺口处,总会有"时尚"的小海滨浴场,以此来鼓励什么旅游胜地考古学:在埃特莱塔和特雷波尔,用鹅卵石与砖块建造的别墅——上面贴着腰砖,阳台的铁栏杆打造成藤本植物的形状,如第一班地铁的入口——而这些别墅的建设却于1914年嘎然而止。

科唐坦半岛⑦除外,它是诺曼底地区是唯一令我着迷的地方:我喜欢蜿蜒曲折的小路带来的亲切感,这些山毛榉之间的小路状如"山沟",其根部有很多节,爬满了山坡,一直延伸到光秃的悬崖峭壁边上,两者之间形成的绿色草场犹如高尔夫球场,犹如锡河(la Scie)边空旷而封闭的山谷,犹如安戈庄园(Manoir d'Ango)乡间静谧的林间小径,犹如瓦斯特

---

① 位于法国中部。
② 乔治·桑住地。
③ Etretat, Saint-Valéry-en-Caux, Dieppe,是诺曼底地区的三个地名。
④ Arsène Lupin, 莫里斯·勒布朗于19世纪初创作的小说中的人物。
⑤ Isidore Beautrelet, 莫里斯·勒布朗小说 *l'Aiguille Creuse* 中主人公阿尔塞纳·鲁宾的对手,大一新生。
⑥ Aiguille Creuse,也是小说的名字。
⑦ 属于诺曼底地区。

里瓦尔悬谷①覆盖着新鲜灌木丛。它的面貌富裕而陈旧——至少是过时的——在奥芬巴赫与印象主义之后,这个地方出现在以下作品当中,《娜嘉》②中描写的安戈庄园,以及同时期在普尔维尔完成的《风格论》③。要想在这个森林覆盖,经过大雨洗礼后满眼绿色的地方"晒太阳",可以说是白费力气;穿着长裙散步的女士们,在绿色的洼地与泥泞的小径上若有所思,永远只会带上雨伞而不是遮阳伞。

* * *

重写著作。歌德在后半生无知地删改了维特:后人没有保留这种过时品位带来的、软弱无力的修改。克洛岱尔④在暮年愚笨地修改了《正午的分割》:因为年龄而变得沉重,最终走向终点,他有时过度卖弄自己的文学知识。反而是戏剧——它更受到当今品位的严重威胁——最大程度地鼓励了这样宗教式改革的尝试。自从公众成为其成败的关键之日起,作家就必须将出版情况视为宿命:一粒种子一旦种下就无法改变其生长的趋势⑤。至于我,则只会在创作过程中进行修改,而不是在作品完成之后:我比较欣赏本丢·彼拉多⑥高傲的言论:我所写的我已经写上了⑦,这句话至少不是

---

① Jardin de Vastérival,建于1957年,法国度假胜地。
② Nadja,安德烈·布勒东的小说。
③ le Traité du Style,路易·阿拉贡著。
④ 保尔·克洛岱尔(1868—1955),法国戏剧家、诗人,著有戏剧《正午的分割》(Partage du Midi)。
⑤ 意为读者一旦对作者下了判断就无法再改变其观点。
⑥ Ponce Pilate,两千年前的罗马总督。
⑦ Quod scripsi, scripsi(拉),出自圣经《约翰福音》第19章22节,西方人用此语表示"我已经表明了我的观点",内含"说过的话决不反悔之意",相当于中文的"一言既出,驷马难追"。

含糊其辞、令人痛恨的表达方式。

即使布勒东在《娜嘉》袖珍版中的略微润色（如此不着痕迹）也令我难受：这样的润色产生了不属于文学写作的"转变"，（因为在不同的版本中，文章依然是一个整体，它需要最大程度的、全面而明确的选择）从文学写作本身转至满足读者对作者性格和身份的好奇心，因此，他们无法接受这样的润色。通过书这样的媒介，我们所读到的是来自夜晚的声音，这种声音在我们看来似乎仅此一次，因为一切都隐藏在叙述之中，在我眼里这样的方式是永恒的：我们无法忍受某些作家不能创作更多，却竭力为自己单一的作品重复发行多个版本，更无法忍受的是，作家们迫于时代变迁的压力而改变最初作品创作的原则。

这就是我的概念中最好的小说的界限：每一书页的空白处好似一面环形墙，随着作品的内容进行发射并产生反响，在阅读过程中，其空白处也会留下读后感，这种延长作品内容的反响。

书只有在"环形墙"①中真正起作用，才配得上书的称号，这面墙突出的优点就是经过消化吸收，它收集书释放出的全部能量，其优点还在于，作为读书的反馈，它接受书折射出的所有"光波"。这就是书与现实生活的不同，它无与伦比地更加丰富、更加多样，但其中的规则却是分散而不着边际的。书所封闭的空间：限制的，它是书脆弱的关键。同样封闭的是：这也是它产生效率的秘密。自从人们竭力寻找小说"魔力"之时起，前缀 auto 就一直是关键词：自我修正（auto-régulation）、自我丰富（auto-fécondation）、自我反省（auto-

---

① 指上文书页空白处。

réanimation)。总之，每个词缀释放的能量必须在读者群中产生反映。

* * *

曾经有几个时期——较之其他国家的文学，法国文学在功能上更着重于回忆——其中的语言局限于发泄的功能，任何时候，在街头巷尾、学校军队甚至私人空间里都是重要的表达方式，但是，人们往往忽视了这样的功能。

* * *

无论是世俗到转弯抹角的创作方式，还是在写信、打电话或拜访中，普鲁斯特都任意使用着这样的功能，并使他首次在《费加罗报》头版获得成功，之后，更在高雅的《晚会报》(Raout)的书评中占据头条，而稍后，他又向文坛"投掷"了《追忆似水年华》这颗重磅炸弹。

可能我们很难看清，文学抱负中的胆识——甚至天才的，最初在"制造"时都会受到当时规矩的限制。比如青年雨果写的"不成功，便成仁"①，青年歌德、诺瓦利斯②或布勒东的反抗精神（titanisme）。与之对应，在第一帝国时期，文学的最高灵感来自于痛打某部"典型的"苍白的悲剧——年轻时普鲁斯特的象征主义"掺有水分"，这使他的作品没有什么分量：从"艺术角度"来看，其作品没有折射出应有的光芒，只能是现代风格的"小杂志"中一朵容易凋谢的兰花。《追忆似水年华》中最为人们津津乐道的人物由过时的材料堆砌而

---

① 原句为 Chateaubriand ou rien，这句话是雨果14岁时所说的话，意思是要不就超过法国著名小说家夏多布里昂，要不就一事无成。
② 德国诗人。

成:埃勒①(维斯特尔亦如此)之于艾尔斯蒂尔②,圣·桑③之于凡特依,埃尔维厄、勒迈特和弗朗茨④之于贝哥特。

也许他的作品中有其他的东西。普鲁斯特自己曾经写到:"我们的注意力应该放在平衡自己隐藏的才能与既定行规之间的关系上"。然而,就某种程度而言,应该将注意力放在自己身上。普鲁斯特所谓的"既定形势"几乎在其一生中,不具有文学性,而完全遵守另一种秩序,他对自己特殊地位的特殊犹豫,似乎证明了后来产生的一个新问题,一个"复原"的问题。

* * *

英国浪漫主义与拉斐尔前派画家的展览。雷诺兹、盖因斯堡、劳伦斯⑤:绘有花朵的、繁琐的、巨大而平庸的伟大画作,这些放在博物馆中的画作与花园中成堆的牡丹花和大丽菊别无二致。关于特纳⑥,我只喜欢《加莱海滩》及一些非常漂亮的水彩画(其中一幅是《罗马乡下》,它出奇地朴实无华,几乎是标志性的)。这些伟大画卷中辐射出的模糊意境,它们虚幻缥缈的空灵使我无动于衷:画中倾注了过多的力气——且可察觉的——在走向史诗般的光线(艺术上的抽搐,一切与之相近都令我困惑;《娜嘉》结尾的一句话是书中

---

① Paul Helleu,法国画家保罗·埃勒是《追忆似水年华中》艾尔斯蒂尔的原型。
② James Abbott McNeill Whistler,美国画家。
③ Saint-Saëns,法国作曲家,《追忆似水年华中》凡特依的原型。
④ Hervieu, Jules Lemaître, Anatole France 皆为法国作家,为《追忆似水年华中》贝哥特的原型。
⑤ Joshua Reynolds, Thomas Gainsborough, Alma-Tadema Lawrence,皆为英国画家。
⑥ William Tuerner,《加莱海滩》(*Plage de Calais*)、《罗马乡下》(*Campagne Romaine*)皆为其浪漫主义画作。

唯一我犹豫是否赞成的句子。)

我停在康斯特布尔①的风景画前(完成得如此令人不快),我留在那里却未迷惑于其闪闪发光的表达手法,似乎有人在树叶上将水银碎为细小的水滴状。

总共有三、四幅油画令我产生将之挂于家中墙上的梦想:博宁顿的两幅风景画,一幅米莱的乡村画,夏日的异样光线使周围的画都黯然失色,就像孟加拉湾的花炮(不幸的是,画中一条彩虹使之变了味儿,其中透出的感觉似吊桥上的牵引绳),还有一幅伯恩·琼斯(《田园诗》[*Une Idylle*])表现的橄榄绿色②:那是黄昏的、尤为迷人的颜色。他对拉斐尔前派画家们的继承也就是这样一幅小图,他很清楚前人的观察角度及其惯用的艺术手法,他以传统手法在画中表现出的那股悲怆,在我看来是无以伦比的。

我出去前再次经过库尔贝③的画作——我再次拒绝看这些画,其画中的人物有外来的好斗者(这样"坏脾气"的作者该多么可怕啊!),还有长头发的参孙④,他正准备撼动擎天柱。总之,没有一幅画能让我驻足,更没有表现出应有的寂静主义。

* * *

在浪漫主义时期,德拉克鲁瓦⑤经常是歌德或拜伦作品卑微的插图画家,在世纪末,马奈与马拉美依然平起平坐,后

---

① John Constable,英国浪漫主义画家。
② Richard Parkes Bonington, John Everett Millais, Edward Burne Jones 皆为英国拉斐尔前派画家。
③ Gustave Courbet,法国现实主义画家。
④ Samson,古代犹太人领袖,大力士的代名词。
⑤ Eugène Delacroix,法国浪漫主义画家。

来,还有阿波利奈尔和毕加索。但自达达主义起,诗歌悄悄地向绘画投降,而布勒东写了《米罗水粉画之十二首配诗》——可米罗既不是米开朗基罗,也不是伦勃朗。

* * *

乔治·德·拉图尔①。当十一岁的我被带去散步的时候,当周日出游的时候,老舅有时就会带着去参观南特的绘画博物馆:高大的展馆空旷而阴郁,呈现出暗绿色,雨天大玻璃窗上透过的光线使博物馆更像一座小教堂、一所中学里阴森可怕的地下墓室。我们就像在教堂里,默不作声,脚步将地板踩得直响;在太平间般的光线下,巴洛克式的矫揉造作使博物馆从里到外都弥漫着腐尸的味道,这些令我颇感不快:我被昏暗威吓着,还有那修道院似的沉寂,以及微弱的霉味儿——这股气味一直令我想起造型艺术,我一直在自忖,老舅怎么会在某天下午,像做俗套而繁复的晚祷,带我来到这里,这个地方就像陈列尸体的岩洞,人置身其中,会有蒸桑拿的感觉,好似在地狱里一般。

正是这样我认识了拉图尔,又通过他,认识了我的第一位画家。实际上,我是在两种情况下认识他的。博物馆最高超和精彩的部分是将足够的光线补充于何塞·德·里贝拉②的《手摇弦琴乐手》。它使我厌烦,一直以来都使我厌烦。另外,一个烛光下的拉图尔,一道"光线"(我相信,天使出现在圣·约瑟夫),都使我眩晕。此后我在阿姆斯特丹博物馆的展厅里见到了维梅尔③的《情书》,它挂在墙上,位于

---

① Georges de la Tour,法国印象派画家。
② José de Ribéra,意大利巴伦西亚派画家。
③ Johannes Vermeer,荷兰风俗画家。

其他油画中间,在昏暗的厅内点亮了一盏灯,在庞大的各个展厅之间,它吸引了我的目光,令我驻足不前。博物馆的目录却未对此画给予重视(拉图尔仅在几年之后被发现),他们的目录遵从既有的等级制度。我由此经过,却不敢耽搁,也不敢寻求解释,这也许会让我对自己的无知感到羞耻:我也相信,如此力作一定运用了不同于既定规则的画法,正如一位雕塑家本该独立创作作品,却被人发现用模具复制一样:有可能因此失去信誉。

* * *

我如何能够想到,就在几天前,我还是绘画的门外汉呢?一次在网球场美术馆①漫步,它令人眩目,大厅里留下斑驳的阳光,周围被美丽的树木环抱,好似乡下宽敞的大房子,展品——从马奈、德加到高更和梵·高——一次在风和日丽天气中的漫步,一次在法国绘画博大精深中的畅游(人们忍痛没有展出八幅还是十幅雷诺阿的讽刺画,这些画也绝对称不上其巅峰时期的作品,在被低估的画家里雷诺阿位列其中)。

从波德莱尔到马拉美,从马奈到雷诺阿②,三、四十年时间里,最美的诗歌与最美的绘画之间建立起微妙且史无前例的关系,这种完美关系是高雅的、充满智慧的、有教养的。高更与梵·高——这两位画家公开地与规范决裂,真正成为被诅咒的画家——分解出秘密的关键之处,这种秘密存在于网球场美术馆中,存在于半世纪以来最辉煌的法兰西绘画艺术之中,这种辉煌也许前所未有,其中马奈所画的马拉美的

---

① Musée de Jeu de Paume,位于法国巴黎的现代美术博物馆。
② Pierre-August Renoir,法国印象派画家。

小幅肖像画，挂在大厅的一角，既是秘密的标志，也是秘密的护符。一切在小小集团中变得一致。同样的内心经历、同样的社会阶层、同样的关系、同样的乐趣——在清还债务时同样谦卑的羞耻心。在年轻法国乐队①的喧闹与"洗衣船"②的降临之间，艺术家放纵的波西米亚风格由此隐匿而去。这种风格被莫泊桑笔下的资产阶级替代，他们衣着考究，在德加的画作《黑色》中，他们的礼服与制服显得毫无特色，然而，他们至少逐渐摒弃了那些繁复的元素。原始的孤独与华丽的荣光，这些风格都不属于他们：此处悄然完成的是，坚韧而温和的决裂。他们在这种决裂中不会因为局限性感到羞耻，没有空洞与做作，他们不会徒劳地指手划脚，自以为用语言技巧、完美的断句和缜密的句法这些嘴皮子上的功夫就可以对世界格局与社会结构妄加评论。展览虽无伟大的气息（在这间博物馆里，诡秘地辐射出某种资产阶级的辉煌，辐射的程度则显然不够）却是一种收获，一种通过有节制的、自私的、精炼的感官刺激而产生的对世界的欣赏，没有奢华，却饶有风趣地突显了崇尚享乐的中产阶级温和的快乐——在午后阳光下泛舟，在葡萄藤下品尝苦艾酒，在周日乡间凉爽的阳伞下，第一篮新鲜的草莓里。第三共和国早期，网球场美术馆展示出自由思想③统治下的荷兰，它尊崇自己的道德，摆

---

① Jeune France 乐队是由皮埃尔·舍费尔（Pierre Schaeffer）于1941年创立的一个音乐、戏剧和视觉艺术方面的协会。
② 塞纳河的右岸有 Bateau-Lavoir，位于巴黎蒙马特高地的一所古老建筑。20世纪初，一些当时还名不见经传的作家、艺术家生活在其中。
③ Libre-pensée，即自由地思想，是诞生于19世纪30年代的哲学观念，它主张政教分离，反对教条主义、宗教主义等极端主义，崇尚理性，其成员包括了雨果等无神论者、理性主义者和不可知论者等。

脱了格调沉重灰暗的加尔文主义①。

夏天温暖的阳光透过土耳其红棉布窗帘的缝隙照射着宽敞的游廊,除此之外,虽然卢浮宫博物馆聚集了"巨作"之精华,却像装饰品商店般,仅仅成为堆放"国家馈赠品"的乡村博物馆的放大版。修拉②素描的尺寸仅有雪茄盒子大小,却浓缩了网球场美术馆中画作之精髓,如放大镜将飘忽不定的阳光聚焦成一点。

* * *

属于拙劣画家的一个致命并且出名的弱点,就是在使用调画刀时,他们总是把画作弄得五颜六色,原始状态的生活、抽烟斗者的智慧、短视的唯物主义、简单者的性别犬儒主义——但是,当然不包括所有最伟大的画家。在音乐上,也有类似的弱点,只是程度较轻,没那么暴露。这个弱点似乎与"完美的和谐"有关,在昏暗而乐观的预知主义、"美好灵魂"的感情流露、人类的梦想等。我在思考看过的有关两位伟大演奏家的纪录片:梅纽因③和鲁宾斯坦④。难道他们不是让钢琴与小提琴独自诉说着什么吗?我在自忖,这里最高大的伟人们是否能幸免于此,比如贝多芬(但是,让我们闭嘴!)和罗曼·罗兰,这位完美表现音乐灵魂的作家。

* * *

罗丹博物馆。我确实不怎么喜欢这里的一切!有几位

---

① 加尔文主义即教条主义。
② Georges Seurat,法国新印象派画家。
③ Yehudi Menuhin,美国小提琴家、指挥家。
④ Artur Rubinstein,美国钢琴家。

商务部长的半身铜像外加几尊大理石雕像。有一尊浮雕,上面刻着一位小姐,一只手穿过石块表面伸出来,显得小姐的整个身体都陷在石块当中,就像《海上劳工》①中不幸的远足者。那是梅特林克②的象征主义和走江湖的大力士的别扭的混合体(在翁法勒③脚下)。罗丹的才能仅仅体现在"肌肉加倍"④的雕像上:比如巴扎尔克或雨果的雕像。总而言之,比起这些象征主义的摔跤运动员和以诗人勒内·维维安⑤作品中酒神女祭司为原型的的雕像,我觉得马约尔⑥创作的肥胖女人更胜百倍,她们立在杜伊勒公园的草坪上,摆着飞翔的姿势,却似乎要栽倒下去,活像快要爆炸的气球。

《地狱之门》⑦这尊雕塑表面突起的图案以及雕塑两边侧柱上如爬墙虎般盘亘的图案,《拉德芳斯》⑧这尊雕塑上双臂朝向天空的古怪突出物⑨,它们给人的感觉,像是某尊米开朗基罗的雕像被摆在了地铁口一样别扭。

---

① Les travaileurs de la mer,雨果的小说之一。
② Maurice Maeterlinck,比利时象征主义作家。
③ Omphale 是希腊神话中的人物。
④ Double muscles,英文为 double muscled 最初为生物学用语。
⑤ Renee Vivien,法国女诗人、作家。
⑥ Aristide Maillol,是一位善于刻画女性美的雕塑家。
⑦ Porte de l'enfer,罗丹的作品之一。
⑧ La Défense,罗丹的作品之一。
⑨ 突出物指雕像上半部分的天使,因为作者不欣赏这尊雕像,故而将之称为突出物。

距 离

  人会因为体质逐渐衰弱而变得多愁善感起来,这种衰老迹象在生理与心理上的重叠,好似隐迹纸本上的字迹,会随着年龄的增长而变得愈加明显。夏多布里昂感到了这一点,他比任何人都热衷于此:四十岁起,他所有的描述都是针对过去生活的再现。兰波则在发现自己衰老之后竭力抛弃之(出行是为了新的爱和新的声音①)。其诗学理论是对过去生活"沉淀"的直接抹杀,无论这种沉淀是虚幻,亦或是温暖。就像一个女人揭开面纱时那神秘而纤细的动作,岁月在我的生命中静静流逝,而在其中的某一刻,年轻时曾经生活过的街区、房屋成为隐藏在我心里激荡人心的记忆。只有大海能够驱散我们心中这样激荡的情绪:岁月的痕迹在我们看到海景的那一刻起消散殆尽;它能带来久违的清新感觉,但是,它更令人想起瓦雷里的诗:让我们随着波涛而绽放新生的光芒②。

---

① Départ dans l'affection et le bruit neuf,选自兰波《彩图集》中的同名诗。
② Courons à l'onde en rejaillir vivant,选自保尔·瓦雷里的(Paul Valéry)《海滨墓园》(*Le Cimetière Marin*)。

＊　＊　＊

　　难以察觉地，一段看不见的距离出现在与你经常相遇的人之间，在与你共进晚餐的人之间，在与你经常聊天的人之间：本来只需要一个手势、一通电话、几分钟步行的事情，如今却需要预测、沟通、预约、做准备，更甚之，还要进行交易。老朋友、老同学中的某些人，即使你写信、打电话给他们，按他们留的地址拜访，却再也寻觅不到；即使你担心改变，事实却是每次他们搬家都越搬越远。似乎只有声音缩短人们的距离；过去频繁往来的熟人，无意识地避开你；本以为记得他们，却经常突然发现头脑中一片空白；就像并行的舰队再也看不到你的信号。我们都觉得自己是宇宙中最孤独的人，其他星球在加速度的作用下离你愈加遥远，最终剩你一个。这没什么，或者至少对没有此类经历的人来说，没什么：因为我们变老了。

＊　＊　＊

　　我在圣·洛朗街上步行。小树林中光影斑驳，眼睛迎着阳光，令人在散步时，有心旷神怡的感觉。半世纪来我所熟悉的农场因敌意和怀疑，有的被栅栏围着，有的被荆棘筑起了围墙，有的用犬吠声驱赶胆敢靠近的人。此刻它们却像好客的乡村驿栈，开着窗户，绿色的地毯一直延伸到路边，它们在邀请路人驻足。这封闭的乡下，现在腼腆地微笑起来，在我心中形成一幅图景：长久以来在我的脑海里飘荡：儿时读物中的插图，图中的茅草屋上爬着常春藤，屋顶上炊烟袅袅，一个女孩跳着绳，又或在绿色的草坪上奔跑，追逐着气球，她忠实的小狗汪汪叫着，陪主人快乐地玩耍。在莫日地区①散步时,我觉得此地像一个家,曾经长期弥漫着忧伤的气氛,现在却重新一扇扇地打开窗户;这片原始的土地似乎有了生气:人们揭开罩布,白色的房子曝露在空气中,像洗过的衣服般明亮清新。

* * *

芭芭拉·塔奇曼②令人深刻的评论,当她在《八月炮火》中描述 1914 年的法国军队时:"连炮管也似乎变老了"。在马恩大撤退中,这支濒临失败、痛苦挣扎的溃军在小说中浑然失色、暗无天日、穷困潦倒,其窘状不亚于《浮士德》花园里席贝尔的玫瑰花束③。对于我而言,1940 年,日蚀突然出现,没有任何征兆,在荷兰的弗拉芒地区,当我们于近年穿过阿克塞尔小城时,那天是 5 月 16 日或 17 日。

* * *

"请你保持平静。请你理智观察。为什么?因为这平静与理智'代表'了永恒及摆脱一切的时间。

一个理智的男人可以影响一个世纪。愤怒、激动最后只能让人变得平庸。'随着时间的推移,一无所获'。莫要小瞧这个无用结局。让某种信号——某条延伸的地平线——永远保留在你行动与内心神秘花园的深处。"

瓦雷里:《坏思想与其他》④

---

① Mauges,法国西部小城。
② Barbara W. Tuchman,美国小说家,著有描写一战的《八月炮火》(*the guns of August*)。
③ 《浮士德》第三幕,玛格丽特家的花园。
④ 选自瓦雷里 1942 年的作品 *Mauvaises pensées et autres*。

恰当而美丽。随着时间的推移你的心里不会再有任何人的位置,这条延伸的地平线只有被墓地映衬着才能显现出来。人类只会在口渴等极限状态下认为某天地球会变成月亮,而此时的水流已从其指间流过。

令人好奇的是,瓦雷里此处——或有时在其他地方,凭着这腐朽而垂死的智慧,任意将人类投射在无尽的空间及无限的时间当中,他恰如其分地批评了帕斯卡尔滥用我将称之为无意义倒退(recul non-signifiant)的东西。

* * *

战争时期我的宿营地。在巴尔伯维尔、莫赛尔岸边,达穆勒维耶尔附近①,我度过了整个十月份。撤离夯实的地窖,在那里我与半打下蛋的母鸡为伴,因而有间小房子已心满意足:于是,晚上便在那里看斯维登伯格②的作品,还有纪德刚出版的《日记》。当我们外出操练时,能闻到肥料的臭味。早晨,听到号角声之后,镇上的牧羊人会将牛群聚集在一起,这些牛也蛮听话的;晚上,牲畜可以自己寻路回栏;只见唯一的土路上,牛群越来越稀,最终完全消失。新鲜牛粪强烈的气味夹杂着夜晚潮湿的空气一起飘进我的小屋。那年秋天,雨连绵不断,土路被雨水冲刷得沟壑纵横,雨水里混着牲口留下的排泄物,洛林地区的这些村庄的面貌前所未有地变得狼藉不堪。罗桑达埃勒离敦刻尔克很近,在其钟楼广场上有家药店。我们只在布鲁特斯逗留了几天,这里是我们最神秘的宿营地:这是布尔纳诺斯悲怆的布洛涅人所在

---

① Barbonville, Moselle, Damelevières, 法国地名。
② Emmanuel Swedenborg, 瑞典作家。

地①，它位于石灰质高原的山坳里，高原上树木茂盛一直延伸至很远，树林里隐约能看见几个农场被砖墙围了起来。那时，天色阴暗而且非常潮湿，使这山坳里总好像没有白天出现似的；从早到晚，在这样的气氛中，就只剩下死寂，烟灰色的天空，11月的大风吹得树叶纷纷掉落，这淹没在树林中的潮湿永远都不会有干燥的一天。当我们登上高原的时候，发现一望无际的耕田被雨水浇透，只有乌鸦会来造访：这高原顶端上荒凉的平地，好似卡塔罗尼亚的田野。我记得，在我的《渔夫王国》中，有关于此景的描述，11月冰凉的树枝散落在地上，黑风猛烈地吹着，还有这死寂。

在凯斯戈，距离布鲁特斯几公里，我们藏身于布洛涅地区的地沟里，它位于石灰岩山丘的脚下：我只记得那里散发着甜菜地窖里泥土发酵的味道。我的小房间另一边又是一个农场。一日清晨，这家的外祖父孤独地离开了世界，那时我正准备去操练：当时他清幽地叹了口气，陪在他身边的我，却没有一丝惊慌；在我离开后几分钟，有人发现他去世了。在一月份的菲利耶夫尔，康什河谷十分寒冷；当我们从那里经过时，到处天寒地冻：当我早晨醒来时，饭厅里摆的墨水已经凝固，我呼出的气在毯子上结了冰，扎得人疼。但是，菲利耶夫尔真是令人愉快的宿营地。我们整日无所事事：我们的人作为操练部队呆在某师部的培训中心。管理师部食堂的是个快乐的鳏夫，部队练兵时的情形总令他非常高兴。他用生烟叶亲自为我们卷制雪茄。冬日里的霜花晶莹剔透，天气虽寒冷却阳光灿烂；我们大口喝酒，大口吃肉，任由体内的卡

---

① c'était le Boulonnais tragique de Bernanos，选自法国小说家乔治·贝尔纳诺斯（Georges Bernanos）的《在撒旦的阳光下》(Sous le soleil de Satan)。

路里迅速囤积,我们一起唱歌,在冻得吱吱作响的地上散步:这个月里,在皑皑白雪的丘陵间,六百多人呼出的热气中,我们使菲利耶夫尔变成英国风格圣诞节的主办地,在这个节日里,人们尽情地吃着东西,脸都喝得红彤彤的。时不时地,我会在天亮之前带领一支小分队,去十多公里以外的地方:我们负责为反坦克部队建一个射击场。我已经忘记射击场所在村庄的名字,只记得有位中尉领导的后勤部队驻扎在那里,他已经白发苍苍,一个老板娘开的杂货铺成了他的临时会议室:中午12点正,我来到这家小店;雄鸡在寒冷而惬意的阳光里歌唱;我们三人都在厨房吃饭,在菲利耶夫尔丰富多彩的狂欢之后,再没有比这里更显静谧的地方了,几周以来,中尉与老板娘因为偶然而相遇,组成了"临时家庭",穿着拖鞋吃午饭的样子俨然一对灶台边的"老夫妻"。

当我休假回来时,我曾住在老埃丹的一位老太太家,那是间小房子,位于花园深处,那里曾住过神父。在波尔,一条宽阔的街道将这个毫无特色的村庄一分为二:周围是内弗兰德地区起伏的绿色草场。每周日,我们步行至汉兹布鲁克,距离大概有7、8公里,那里总有斗鸡比赛——我经常负责守卫附近的一个车站,休假回来的士兵鱼贯进入火车站风格奇异的大厅,好似一艘载满乘客的驳船靠岸。我们最后一站是温纳斯勒,在波珀灵厄①对面,它掩映在泛黄的绿色之中,在亚麻开花时才有的柔美的蓝色之中,田里高高的啤酒花到处都是:这里最具魅力的事情,就是在夜间沿着几公里外的边境线巡逻:我们在那里有个岗哨,对面就是比利时的街垒;我在黑暗中骑着自行车,经过德鲁格兰特,那时大约凌晨两点。

---

① Poperinghe,比利时地名。

没有什么比此时的乡下更昏暗、静谧和芬芳：我沿着黑漆漆的篱笆丛骑行，就像一只手滑过沉睡中的虎背。只有清晨的飞机才会将我们叫醒，那5月10日的早上。

* * *

我的姑婆约瑟芬：她父亲曾经是卢瓦尔河上的船员，他身板硬朗；在船上，当然这是他的船，总在运输着蒙让石灰窑的石灰，在南特到布雷斯特之间的运河上来回穿梭；在上世纪末，这个外省人唯一的奢侈就是夏天带着老婆和女儿乘火车旅行，到德国、西班牙、威尼斯。我的姑婆未婚；她父亲去世后，很多年里，她呆在卢瓦尔河边的小家里，照顾患有心脏病的母亲，她蜷在轮椅里无力动弹。

每次在尚多塞举行家庭聚会时，我们都会步行过桥去看望她：她的轮椅根本就未动过位置，约瑟芬总是穿着深色的衣服，头上包着白色的"修女式"头巾；我们吃干点心，从窗户看乡村的渡轮开往蒙让岛，其拖缆无声地在水面上划出一道道波纹。这样的生活没有留给她任何东西。她母亲去世了；姑婆代替她来到窗户边；她坐在那里缝衣服；当我假期骑着自行车去看望她时，她总会拿干点心给我吃，渡船依然被缆绳拖着来来往往。后来，她进了养老院，在一间明亮干净的小房间里住了下来；她没有任何近亲；从她房间可以看见养老院花园尽头的墙，夏天甚至能看到园丁；我常给她带些书：她阅读广泛，就像在织毛衣似得无所谓：保罗·菲瓦尔、纪德、儒勒·凡尔纳、海明威、陀思妥耶夫斯基，《无家可归》①

---

① 法国作家 Hector Malot 于 1878 年创作的小说。

(*Sans famille*)或者《马赫医生的四个女儿》①(*Quatre filles du docteur Marsh*)。我记得她是在 89 岁那年去世的。有几次,在她生命最后的日子里,当我推开她房间的门,看见她静静地坐在那里,脸上是我突然无法形容的空洞,她的表情似笑非笑,手里的书或针掉了下来,她似乎在说:"时光漫长。"

* * *

V 夫人:她住着邻近南特的一所乡村住宅:莫里亚克式的家宅,却被移植在这多雨、广袤、古老、别扭、潮湿的西部,厨房是旧式的,破墙纸飘在墙上;围栏锈迹斑斑,朝着一条荒芜的小街。草坪中央是砖砌的水池,池边处处是裂缝,早已无法存水。他丈夫是快乐的果农,然而仍是犁地归来的农民形象,在果戈尔的小说中描写的就是这种发霉、盐卤、老年历与干蘑菇的味道。他住着私宅,到 1925 年出于虚荣竟然开始开车;他修剪葡萄藤,跟佃农一起装卸葡萄嫩枝,他是地道的农民出身,在勒夫艾尔兄弟学校只上过三年初中,说话方式粗鲁。他的脸色暗红,脸型圆润,颇有些派头,然而,这些真是让他的老婆无地自容。她不做针线活,不收拾家当,不摆弄花园,不做果酱(任由桃和杏烂掉),因为她厌倦这样的生活。她觉得自己的才能无处释放,所以懒惰在她眼里就是对这样的生活最好的反抗,生活对于她是要与天性匹配的,而现实能留给她的仅仅是可怜的包法利式的自我幻想,她终日沉着脸,因为这不是她想要的生活,而这种自我幻想使她整日像得了流行感冒一样无法自拔。她在这间乡下住宅中辟出一个小角落——就像俄罗斯枞木屋"美丽的角落",这间

---

① 既美国作家 Louisa May Alcott 于 1868 年出版的《小妇人》

狭小的书房里的雕刻陈旧,几个书架似乎能放三十几本书,还有一张椭圆形的办公桌:一个可笑的囚禁精神的地方,她总以为会有什么人到访,其实却从未有人来过。书架上依然空空如也;她也只是偶尔会到这个小角落来算算帐或翻翻菜谱。

* * *

塞纳河谷靠近默朗的景色令我突然想起,以前艾曼纽尔·德·马托纳老师曾经时常带着我们这群忠实的追随者去曼特斯、诺夫勒和谢夫勒斯河谷进行地质考察。我清晰地记得那个地方,翻过北坡的山脊,某日,我们走在五月炎热的阳光下,沿着溪流到处可见"绿色泥灰岩"突兀地散落在水边。我刚开始读本科时,在书本上读过关于大巴黎地区地层学研究的文学,因此,"绿色泥灰岩"这名字令我印象更加深刻:此前,我从未见过这种颜色的黏土,我竟以为它只是地质学家杜撰出来的:人们在谈论绿色泥灰岩时,也许就像谈论灰色葡萄酒或黑玫瑰,都是虚无缥缈的东西。德·马东南①停在路边给我们作了简短的讲解,那里有条波光粼粼的小河,接着,他在裂谷侧面用地质锤敲了两、三下,带回一块坚果大小的冰。我睁大眼睛,就像圣托马斯面对圣伤似的,从那天起,我坚定地,而且永远地,信服。

* * *

瞅一眼车灯照射下的乡村夜色,或透过车厢玻璃看它,会感觉这夜色产生了变化。远处昏黄的灯光,就像灯笼里摇

---

① De Martonne,法国地理学家。

曳的蜡烛,点缀着黑色的夜幕,告诉旅人那里有村庄,那是人类存在的标记,一切显得如此神秘,它们似乎不再是电网,更象渔船出海时使用的航行灯。灯火似眼泪般从昏暗的屋顶落下,玷污、破坏、割裂了这夜色,打破了它的神秘,就像荒地上出现的漆黑森林一般。

* * *

资产阶级家庭的钢琴:本世纪 20—30 年代之特殊公害,而且几乎是惟一的:关于它的记忆总与周日"外出"有关,在夏日午后炙烤之下,南特市圣·西米利安地区寂静的街道两边,各家各户都拉下窗帘。而紧闭的百叶窗后传来钢琴键的敲击声,能让拉福格①的诗黯然失色,更有可能使普鲁斯特神经错乱:"某种东西拥有令人愤怒的魔力,这种魔力无人企及:这就是钢琴。"②

* * *

圣弗洛朗街的烦恼:并非因为它是童年时一个让人厌烦、失落的所在(在我无忧无虑的童年里),这里有金球酒店的班车、冒着蒸汽的车厢和亮着灯光的火车站,而是因为如今这座小城的美国化:金碧辉煌的商店、停车场、大同小异的内部装饰、实际而僵化的特点(在大城市里更甚),皆是庸俗乏味的东西。儿时,我们这些小男孩儿总在周日,跟着豪情万丈的酒鬼们一起瞎起哄,其中最后一位酒鬼在几年前因为肝硬化离开了人世;他醉时会变得沉默且忧郁:每天下午,他过卢瓦尔河,

---

① Jules Laforgue, 法国诗人。
② 选自法国作家普鲁斯特的《索多姆和戈摩尔》(*Sodome et Gomorrhe*)。

进入一家咖啡馆,在自己的酒杯前显得形单影只,他凝视着对面的咖啡馆,他曾经在那儿喝到大中午。我相信,他的死是因为肝硬化,也是因为忧愁:他再也辨认不出这个美国化、工业化的市镇,它将自己的灵魂卖给了市场,把自己的传统扔进了卢瓦尔河。

* * *

我走在圣弗洛朗街头或沿着卢瓦尔河散步时,很少看到七、八岁的孩子在外面做游戏或欢笑,这总令我惊讶。我们那时候通常会把自己的小火车放在码头上玩,又或到岸边的灌木丛中捉迷藏。那时,卢瓦尔河还通航,人们在那里建造了水坝:栗树的枝条垂到了驳船的甲板上;最有意思的游戏就是爬树,从尽可能高的地方往码头石路上跳。水边花园的墙上斜靠着荨麻与树莓,它们组成的矮树林中,造起了简陋的小屋,小屋周围用白蜡树枝筑起柴排:我们这些小伙伴喜欢三四成群聚在这里,远离大人们的监视,尤其在大雨时任凭雨水沿着细枝流到脖子里,再没有什么比这更快乐的。稍大些,我被允许驾驶船只,巴塔犹斯岛末端沿卢瓦尔河形成的冲积地构成了许多错综复杂、植被茂密的小岛,那里成了我们的新乐园:现在那里已经变成耕地,在柳树、荒芜小岛间有淤积的河道①,宽约几米,被芦苇与桤木覆盖,显得十分孤独。我耳边依然回响着当我们钻树丛时那船桨划水的声音,这些树丛长在被淤泥淹没的干涸直流上;透过树叶,我们看见科罗娜山上高高的钟塔,时间从那里落下;亚马逊或路易斯安那躲藏的一个角落,很完整,差不多有数百米,对于想象

---

① 原文为 des igarapés boueux 原指亚马逊地区由大小河流交织而成的河道。

力却已足够:它令人想起《南与北》①(Nord contre Sud)中的神秘岛,特西扎尔兄弟将之作为避难所与监狱。

这些地方到处都是我童年时的回忆与喧闹,而现在却无声无息,我甚至怀疑自己的耳朵。如今,只有大孩子们骑机动自行车的嘎吱声回荡在街头;清晨上班的人群很快淹没了他们的声音:这些孩子才 14 岁,却像个小大人儿一样苍白而忧郁,突然失去了在校学生应有的稚气,似短路一般。喧闹声没有了,这令我惊奇而迷茫,或许我的耳朵已经跟不上时代,或许我已不知道这喧闹声藏在哪里——或许,五十多年前并没有人注意到我们这些孩子的声音,而对于那时的我们,这喧闹声则是我们那个年代的标志。

岁月之门在身后重新关闭:如今的生活将我们排斥在外,无法与外界交流,无法观察这个社会:童年时代为新婚夫妇采集稀有蝴蝶的乐趣已不再神秘。

* * *

电影《美女与野兽》(影片中的资产阶级场景如此特别,如此吸引人,赛过仙境),电影中美女的姐姐们展开床单的镜头突然勾起我心灵深处的童年回忆:洗衣服,家庭"三级会议",每年两次,我家保姆、我祖父的、我姑姑的,还有招募而来的洗衣女工们——皮东妈妈、于雄妈妈、奥罗妈妈——都是些身体健康头戴女帽的大姐、大嫂,她们能说会道,用稻草在卢瓦尔河沿岸围出"盒子",跪在那里洗两天衣服,用啪啪作响的棒槌使劲在一块板上敲打着待洗的衣服。然后,在沿卢瓦尔河的小片草场上,她们用两根杆子撑起二百米的铁丝

---

① 凡尔纳的科幻小说之一。

来晾晒衣服;童年的我个子很小,还记得那时我从潮湿的桌布、床单中穿过时脸上冰凉的感觉。

晾干之后,她们会摊开扯平,而后再把它们叠起来,一般由两人完成,每人紧紧拽着一边,让我坐在里面,前后摇来晃去,而后将桌布、床单叠起来,口中还慢慢哼唱着小调,我依然记得开头:

　　晃啊晃,马迪兰爸爸
　　晃啊晃,摇上独轮车

接着,我的母亲、姐姐、保姆还有洗衣工聚在一起,开始收拾这些折叠好的织物,就像刚在阳光下庆祝胜利的舰队停坞检修一样,她们用几天的时间熨烫,并穿针引线、缝缝补补,整理好的衣物堆得老高,散发着薰衣草的香气,被整齐地放到衣橱的隔板上,使得整个房间飘着淡淡的清香。

我们这样的乡镇家庭的一年就是这样度过的:洗衣服、做果酱、万圣节大扫除、整理阁楼、储藏好酒、腌制猪肉,忙碌得神圣而规律,有一半还挺像农村的生活;这种生活的节奏依季节而进行,在那里快乐地拜祭灶神和宅神,时间就这样有条不紊地流过,驱赶了平日里的枯燥。

　　　　　　　＊　＊　＊

临窗眺望,远处的村庄显得比以前更近。搁在我的童年中尚未僵化的感情活跃起来,忆起森林中一片蛮荒无人的领地,隐约可见,人们偶而穿越这些横亘在民居之间的空地,而这些民居则犹如点缀在众多山间牧场中的罗马城镇。旅行,总是有些近似于超脱的感觉,在神秘的、边界模糊的边缘地带割牧草:今天的我再也无法身临其境。《高个子莫尔纳》①(*Le Grand Meaulnes*),其神秘的故事情节突然间变得跌宕起伏,距离在书中产生的显著作用对于儿童来说非常奇妙(在莫尔纳的远游之中,在小阁楼的秘谈之中,以及,在纯真年代去掏鸟窝的时候)。

* * *

当我驱车从西翁返回圣弗洛朗时,我再一次如醉如痴地观察着沿途博卡日的风光,虽然到处都不同程度地面临摧毁。边缘清整的多角林中空地周围是由篱笆结成的网,如同谢顶的脑袋上没有头发的那一块儿,它周围那一圈头发则闪闪发亮;炭黑的、各种形状的截头树的树根成堆放在一起,火只烧到了树皮。对眼睛来说,真正令人诧异的在于那些农场建筑,这些房子往往近在咫尺仍然难以察觉,多少个世纪以来一直隐匿在篱笆的角落里,但现在人们可以远远地看到它们坐落于空疏的林中空地的凹处;这些浸没在阴影中的房子,似乎喜欢大白天用百叶窗来眨眼睛,仿佛有着某种令人害怕不安的东西;这些房子和它们所带的庭院,与衬托和展示它们的"开放场地"之间并不相衬——如同一个女人第一次被注视着赤身行走时的笨拙零落在这些突然暴露的泥潭上,仿佛她的步态还聚集成为周围伐倒的灌木丛的幽灵。

毫无疑问,在欧洲,直到我们为止,几千年,甚至新石器时代和中世纪的开拓,都不曾有人见过这么巨大的区域进行了如此迅速的改容易面,一种崭新的肉欲的暗示与转变相联,从裸露的、仍在颤动的大地往上升:在疯狂年代里,不满

---

① 法国作家 Alain Fournier 的作品。

社会、发型古怪的年轻人,在好几个世纪之后,依然能感受到这种神秘的情感与隐约的禁忌,其味道仍然含糊不清。视觉处处替代听觉,如此长久,以至于在此守候着被隐藏的声音:从一个农场到另一个,手的记号穿越了一段唯有雄鸡打鸣能够跨越的距离。

* * *

灰色房子的时代。只要提起物质环境对意识与情感的影响,我们这一代首当其冲,我们见证了从1914至1950年持续了三分之一个世纪的城市和乡村的难以置信的停滞。而此前,从第二帝国到"美好时代"直至1914年,一切都在改变,迅速的改变。近20年来一切都被颠覆了。这三个时间段构成了一条曲线,我们这代人的前40年刚好处于水平停滞的波谷线上,即半瘫痪状态。这40年里我们出生并长大成人,而周围的一切却没有什么改变。如今,一代代人成长起来,毫无停滞。

如今的一代人视线不断改变,他们直接接触到的是我们这纯粹处于停滞时期的一代人:与麦克马洪那一代并没有不同。

直至1939-1945年战争的最后阶段,我不曾看到在圣·弗洛朗建成了六、七幢房子(我见到摧毁了几个)。每一年,我们在波尔切奈相聚时,都忍不住要到大街上逛逛,惊奇地看到在这惟一的、还保留着自己地方特色的小镇。一幢幢别墅逐年拔地而起,如同雨后春笋一般。一年又一年,人人都预料这种不断建筑的骚痒症会突然结束,如同人们期待着看到一种健康的、消灭了疹子的身体。

在街区之中,这些罕见的新建筑在传统的、占统治地位的黑白格子布局之中被毫不费力地吸收了：一场深重的冬眠之后，接下来是一段特别活跃的建筑时期，今天形成了这样令人惊叹的双重颜色的小镇——白色和灰色——数量几乎翻倍，这些小镇证实了一个具有延续性的时代转变的结束，如同地质学上土地沉降引起的地层缺失。

　　　　　　　　＊　＊　＊

当我驶过于默公路的左边，几年以来，一些小房子在一排排葡萄架之中变成大房子，一幅不可错失的图画出现并吸引着我，充满魅力、平静异常。在莱茵河谷的高处，在"英雄小道"的某处，我步行在葡萄园一侧的路上；下方的乡间小屋散落在各处，暗示着一种家居的、简朴的、幸福的、醉人的想法。

午后的莱茵风光美不胜收；阳光浇灌着葡萄；一切静谧而平和，既粗野又崇高。与一个朋友走向他在山坡上的房子，他年轻的妻子在等他归来。这幅图景，是我所能够忆起的——也许四分之三是虚构的——一个屠格涅夫的小说，很久以前借助于一本双语版，我开始学习俄语：阿塞亚——这于我而言某程度上也许类似一种纹饰，想像力在整个进程之中，所选择的——为了在一切之外将其扩展出来——仅仅只是一个瞬间。

　　　　　　　　＊　＊　＊

我的父亲。在三十余年里，从 1888 至 1918 年，对我来说，他似乎一直为了经商而"旅行"——一桩"大生意"，但我相信今天的人们会视之为"半大生意"——他和我叔叔联手创建了一家商行。我的母亲和婶婶在阅览架上的黑色镶铜边的登记簿上"写写画画",一个送货人——让·布尔西耶,用车子送货上门;三到四个雇员在柜台里处理商品,并将其装成包裹。一个篮子在拉杆上滑动,穿过格雷尼耶大街直至瑟尔大街,它缩短了商行与"对面商店"传送货物的路程——所谓的商店早已变成我们的住所——在这间房子的地窖里,一名络纱女工,手摇着纺车,将羊毛纺成毛线并盘成线团:这些令人惊叹而又喧闹异常的机器,在低处发出隆隆的轰鸣,一下子就生产出数十个线团。今天,当我看着房屋至少还有三个租户时,感觉这似乎是某种小人国的东西:在商店之外,三个家庭已经破碎了:我的祖父和他的朱丽娅,我的叔叔和他的娜内特一家,我们和我们的玛格丽特。

我的叔叔在卢瓦尔河北边旅行,我父亲在南边:有时他们做生意的地盘会重叠,比如在旧制度时期的边界线附近:这些边界线可以回溯到黑暗的时代①,远远在我出生之前,这些边界出现并形成的时代。我父亲的巡游覆盖了今天肖勒区的几乎一半,并且向东延展:他与母马"飞毛腿"一起旅行,拉着两座的轻便马车,车上带有顶篷和皮制档板——后面,在一个黑木箱中,他放着样品的袋子。沉重的黑色旅行箱线条僵硬,包着皮带,边角是黄色的;我猜想,他一次带三到四个这样的箱子。

有时,他当晚就回来,有时,每两到三天才回家一次;他最长的旅行,去了在我看来有些神秘的阿尔蒂马·图勒岛,那里是他的生意场:他花了一周的时间走遍了多雷、普瓦特维尼耶或者茹埃-埃蒂约。这个岛的地理布局从未变动过,

---

① 指中世纪由教会统治的时代,因为在其统治下,思想受到禁锢,科学、文化、艺术等各领域没有发展。

哪怕是一家修道院或者一座封建时代的城堡;他们的旅行从未错过一个小村庄,哪怕是新建的。有时,我父亲回来之后满脸愁云,这意味着他遇到了竞争对手:他们是来自夏洛尼的勒莫尼耶或者蒙弗尔·菲拉皮耶,后者的名字比他在生意中使用的伎俩更令我生畏。但是,这些商业竞争者失去了他们的锐气已经很久了;人们知道,很久以来他们就互相依赖,如同那些多年来每个周日一起玩纸牌或者地滚球的人一样互相了解:他们所影响的地区,犬牙交错,彼此重叠,保持着某种平衡;与其说他们是竞争者,不如说他们是同行。在童年时期,我都这样生活着,在某种小市民的氛围之中,曲折地穿越郊野,形成一个包括了 60 多个村庄的小领地,每天早上我都一个个地念叨着这些村庄的名字,当母亲或婶婶叫唤着那些黑色大名册上的订单;透过我父亲讲述的故事和轶事,晚上,围绕着家庭的桌子,方圆 5 万公顷的公国显得十分怪异,有它的传奇、它的历史、它的悲剧、它的拉伯雷式的或者冒险家式的主人公,整个村庄的传奇都围绕着这些人物:吉尔·阿伯拉尔、圣-克里斯汀娜,或者约瑟夫·杜·多雷。

说真的,我父亲确实是一位杰出的商人。但他没有给我遗传一丁点他的性格,也没留给我他的气质。他是个多血质的人,双颊通红(L.来家里住些日子,看到了年老的父亲,被深深地打动了,觉得他的脸象"印度军队的上校"),他的面部表情不断变换,眉飞色舞、高兴、热情、难以置信的平易近人、活泼、缺乏耐心、"暴脾气"①、活跃气氛、没有恶意的捣蛋(他能够完美无暇地模仿他的客人)、滔滔不绝的笑料;对附近 5 个省的轶闻了如指掌。我相信,他在莫日地区的所有这些村

---

① 原文为 soupe au lait 源自 19 世纪的谚语:monter comme une soupe au lait。

庄都家喻户晓,多年以后人们仍然回忆起他:他的到来,总是通过某个过路人的通知而提前几天被宣布,算是一个小小的事件,他马车的响铃在几分钟之内就让村口聚集了不少人,三、五个退休老人走下楼来,酒鬼、歌者、渔民、玩球者,这些人总是有着自由支配的时间,总是在村庄的街道上逛荡:他们的生活比如今更轻松、更惬意;人们不会为了生存而生存。人们在50岁即可退休,还什么都没有体验到。马蹄铁匠拿出他的凿子,两手叉腰,注意着车轮的格格声,其步伐似乎无可比拟。晚上,干完活儿以后,人们聚在一起,那时的娱乐项目都很简单,比如喝喝小酒、打打纸牌,夜间,用小网捕捕虾,或者清晨去采蘑菇等等。对于某些旅程而言,我父亲小提琴拉得不错,他的蹩脚小提琴放在木盒子内,在晚饭之后,围绕着葡萄酒杯,有时会组织一个小型舞会。多雷的情况常常如此,那是个小村庄,迷失在十五座左右的房子中间、掩住在树丛中,我父亲的故事经常发生在那里。我相信他的经过是那里极少举行的年度聚会,他的到来使气氛变得活跃,一个名为约瑟夫·杜·多雷的猎人、乡间诗人会和他一起搞笑逗乐。我再次想起父亲,我想,对于在博卡日树荫下的小角落里打发时间的人而言,一位"旅行者"的历程意味着什么:消息,由邻近小镇所告知的"口信"、道路上的轻风、遥远的外面的穿堂风。我几乎可以想象出,人们就这样在那里与世隔绝地生活着,如何在这样的物质环境中生存:没有广播,没有汽车,没有大客车,没有报纸(唯有显贵们才读一点《小通信》上的讣告)。但是,当地人,在性格和语言方面都极富原创性,原汁原味,在大地上自由地生长。这个过去时代的故事,在家庭餐桌边的讲述中,不断地丰满,慢慢地获得了一种简朴的形象——满口方言、真诚热情、叨叨不休,在自家土地上开花、生长，如同一株长在花盆中的紫罗兰。

如果我始终对于诗歌有某种偏爱，尤其偏爱描述大自然的诗，那么应该说正是来自于我父亲。他没有受过任何的文学教育，并且，我相信他从来都不看书，在雪弗罗丽耶中学读了三到四年就辍学了，根本没有学到什么东西，就开始了他的学徒生涯。此外，我从来没有在家里见到过一本书，我母亲的旧书永远摆放在柜子尽头，古龙水和珠宝盒后面。但是，他会画画，喜欢音乐并且有相当的造诣，对于行吟诗人的歌声、拟声的和谐以及暹罗人的沉思带有某种崇拜。我相信，他常常地感受到了博卡日地区的这个角落的穷人们的魅力，他熟悉这种魅力，熟悉所有的时刻，熟悉所有的道路。当我驱车前往那里时，当其中一条危险的山路在我面前展开时，当人们只敢拉着绳索紧紧抓住机器一脸担忧地下山时，在格朗·穆兰、克鲁瓦·巴隆、贝利肯，我永远都能清晰地回忆到这些。晚上，在餐桌边，他让我们分享他的快乐，他的手指卷着香烟，注意听着鸟的叫声以及乡间大马车的隆隆声，傍晚时俯瞰着昏黄的太阳，清晨看种满甘蓝菜的原野上升起的迷雾（他很早就启程了，六点或者六点半出发：因为七点所有的店铺已经开门了）。我相信，他完全幸福。当我经过莫日的圣雷米镇时，从朝向雷沃山方向的出口，顺着峡谷的斜坡走下去，钟楼就在这个斜坡上，我知道了，我理解了，在最美的夏夜，呼吸一下外面的新鲜空气，透过彩绘玻璃，听到在教堂里反复吟咏的童声，有那么几分钟，他曾是如此陶醉。我突然感到与他离得很近，完全不象我自己。

他总是很细心地着装，甚至可以说爱打扮，他穿着灰色或者水手蓝、翻折、上过浆的硬领，配套的领带，柔软的卷边帽，背心上挂着一条金表链。这一切都在遵循古老的传统，那时,在矮橡树和山楂树下,小路蜿蜒曲折,路面上是刚被压出来的车辙印,通常没有什么人走——在空洞的灰色房子里,那些隐蔽的角落以及被篱笆掩盖的中世纪小村落里,它们比墓地更加封闭:菲耶夫·索文市、富勒市的雷古安、萨勒·奥伯里村——在细密画家投宿的小旅馆中,在一年中两、三次或赶集或参加葬礼的日子里,他们会步行或骑马来到这里落脚——一些小店铺没有窗户、铺着吸水地砖,里面一股霉味儿,店铺老板娘看不出年纪,表情阴郁而生硬,头发蓬乱,衣橱里的衣服都很丑陋,穿在身上象裹了个面袋,她们卖干草棒、后跟垫片、钓鱼钩、蜡烛、头巾、开瓶器、内衣……

* * *

年复一年,每当在乡间漫步,我观察着鸟类的变化。今天下午,我看见一大群海鸥顺着苏尔德里大路边在麦田里吃草:有人说,它们慢慢地改变了习性,放弃了沿海捕鱼,而飞到越来越远的内陆吃草,因为污染或者海洋动物的减少。在阳光下,这群白色的朝圣者饰以麦子般金黄的细绒毛,显得充满异国情调:以前,人们从来都不曾看到过哪怕一只海鸥会憩息在卢瓦尔河畔——最多,有几只会在上空盘旋,越过河流、山峰,总是充当着暴风雨来临前比气压计还要准的预言者。这一场景让我想起了夏多布里昂在《墓畔回忆录》开头用过的我所喜爱的一个词:深海般的原野。比较而言,《西尔特沙岸》[①]中的某个段落,想起来亦令我欣喜:那些海军部头疼的水手,人们赞扬他们是大草原上的牧羊人。书中的失

---

① *Rivage des Syrtes*,作者朱利安·格拉克的幻想小说作品。

落随着我的漫步也渐渐显露出来,这种情绪在科比埃尔①的诗集《黄色爱情》中得到了最好的体现。由航海转职为耕田,谁都会感到有失身份:毫无疑问,任何一个民族都会把这种失落用歌唱或者传说表达出来——动物也不例外:我们看到这些无与伦比的飞行者紧贴着篱笆翱翔,在湿润的泥土上活蹦乱跳,似乎明显地失去了往日的尊贵,这是人类年复一年的活动造成的:这些有着雪一般洁白羽毛的鸟类在刚解冻的泥泞中涉水而行,对于定居了的流浪者而言是如此地触目惊心。

* * *

电视只要播放摩托车引路自行车赛,我就会重新迸发出对这项运动的激情,我依然能看见,伴随着巨大的如高射炮般的轰鸣声,车手头戴皮制头盔,表情生硬冷酷,坐在摩托车上围绕公园体育场的环形场地高速前进,如同荷马笔下的诸神高坐在云端——对我而言,他们就是场地上的半神:腐败的终结者,奥古斯特和乔治·汪伯斯特这两兄弟,就如同双子星座,固执的元帅,还有鹰钩鼻拉克格阿②,他的印度式头盔使他被人称为"卡宾长枪"。我曾是个"车迷"。每个赛前准备动作都让我的心为之一动:我不曾错过这一仪式的任何细节。像角斗迷看公牛的出场,对这些猛兽进行抽签,它们在五个小时之前都还在"训练场"里磨练。我通过预告知道了赛程;如同一头牛,第一辆摩托开始在场地上飞奔,发出劈劈啪啪的声音,慢慢减速下来,接下来是第二个、第三个、第

---

① Tristan Corbière,1845—1875,法国诗人。《黄色爱情》是他的主要作品。
② Charles Lacquehay, 1897—1975,法国著名的自行车运动员。

六个,在全速试车的过程中,摩托车的轰隆声响彻整个体育场。运动员们出现了,在丝质的运动衫下面显得既脆弱又耀眼,顺着场地一个接一下地排好队,助手摁着坐垫,斜视这匹他必须拽住的野马。运动员在赛道上,有的表情谨慎,有的骑在车上向左摇晃,有的表情麻木,有的脚踏地面原地待命,他们就像河里的鱼等待大洪水的来临。发令员喊道:"运动员先生们,预备!"由摩托车混编而成的小分队,没能变得井然有序,显得比一群野牛更愚蠢。

一声枪响,这些彩色的木偶开始爬行,聆听着断断续续的轰鸣声,已经在他们身后爬上了弯道,每个人都用耳朵侦察着他们自己机车特殊的、雷鸣般的巨响,接下来全都倾斜着进入弯道,突然加油、踩离合器、挂档,这些人马们又创造了奇迹。

我喜欢的位置是第一个弯道,可以正面看到摩托车逐渐变大,到弯道处撞向防护墙,像弹跳板一样弹起来。引导员笔直地站在摩托上,穿着深色的"铠甲",带着非人的坚毅表情,经过转弯处时活像一尊骑士雕像。这已不能用美来形容,完全是新奇:没几个人敢骑在如此危险、刺激的摩托上:排气管的轰鸣声、与地面的摩擦、倾斜时的离心力、承重性能。一旦某位运动员"起飞"[1],他立即像关了灯似的消失在观众的视野中,突然像蚂蚁一样被粘在场地上,而后,像着了魔造成短路似的冲出赛道。

没有一种长跑(除非一个跑步者控制了命运,在他的周围导演并将长跑演变为一个较长的令人厌倦的散步)能够让人保持如此持久的兴趣。我还记得一场激烈的比赛,从头到

---

[1] 指自行车撞向防护墙,进而被弹飞。

尾,持续一个半小时,简直就是生死之战,没有暂停,没有怜悯,在五个男人之间进行。他们在那天饱含着渴望胜利的激情,旁边的观众站着尖叫,吵个不停,在比赛的最后时刻,清道夫从后场"收集尸体"①,赛道突然之间被清理干净,犹如打猎现场一样可怕。作为胜利者,他朝围绕着整个场地的人群摇动着他的花束,泪流满面,围绕着整个场地,穿着人们刚刚递给他的三色运动衫:他很象奈瓦尔的诗:"一个年轻人,淹没在胜利的泪水中。"

我谈论的是一个也许再也无法回去的年代②。现在是下午五点;斜阳下,旧公园的场地有着玫瑰的颜色;菜单上的凉菜③:由业余选手参加的速度赛采用淘汰制,专门为那些"尚未取得过成绩的"年轻选手而设,比赛结束后这些业余运动员全部退场。环形赛道上已经没有运动员——赛场官员组成的小分队开始忙碌地清场——观众席迎来了久违的安静:第一辆摩托车形如金龟子,它像火车头那样发出一声长鸣,人们还没来得及仔细看,它已经像走石子路般摇摇晃晃驶进赛道,突然油门被发动;这响彻全场的声音爆发出来,震撼了每位观众的心,甚至是场地最上方的观众:该来点儿真格的了④。

* * *

今天下午,在安色尼斯,我尝试着寻找 1919—1920 年每周四下午去 R 小姐家上钢琴课的那条街。我不知道童年时

---

① 指将摔倒的赛车及车手清理出赛场。
② 摩托车引路自行车赛自 1994 年以后鲜有人参与。
③ 指专业选手正式比赛前由业余选手进行的暖场比赛。
④ 指专业选手的正式比赛。

的敏感能否在真实的场景中记录、揭开那个印记,并在未来的某个时刻唤醒我去阅读一位伟大小说家的作品——如果这能够成立,正是在巴雷姆街,九岁或十岁,我读了巴尔扎克。一条由石子铺成的、高低不平的小巷,没有人行道,空空荡荡,并且对我而言,它还似乎总是雨濛濛的——一条渗水的小巷,远离闹市,没有一家店铺,没有一声儿童的叫喊,路边是一排灰色的两层小屋,住着制椅匠、离职教士、在家干活的手艺人,一条阴沉沉、死寂的小巷(它勉勉强强有所改变),在那里度过一个小时就如同让我去了冰冷的地狱。甚至在盛夏时节,人们在这里也会不寒而栗。小屋中有一个客厅——很小,有点发霉,阴森森的,面向空巷的百叶窗永远垂着——有一个客厅和一架钢琴。我一按门铃,R小姐就打开了门;她戴着手套,仅仅露出指尖,一言不发地把手放在琴键上,于是我就开始了音阶练习;坐在我的旁边,总是一言不发,时不时她会轻轻地敲一下我的手指,轻轻叹息;于是我重新开始,牙关紧咬,手指绷直,简直就是一位音乐上的小西西弗斯。我相信,我们从来都没有翻到练习乐谱的最后一页。时间流逝,课程结束了,于是带着解脱的心情,我一言不发地离开。

  R小姐们应该还住在巴雷姆街,直至老死,在阴冷中用披肩围着脖子,只期待着月末微薄的"进款"以维持生计——非常贫穷、孤独,一些黑色的、喑哑的小小幻影,脖子上围着高高的头巾,紧咬着唇,一点点被生活冻僵,在一堆祖传家具之中,到死都要摆出有身份的样子:永远的"小姐",靠着女士们该做的工作生活。所有这些——较之朱利亚·格林的《阿德里亚娜·墨苏拉》,更贴近巴尔扎克笔下的人物——缓慢地陷入困境,这种僵硬和阴冷在死亡之前渐渐凝固了这两位住在外省小巷里的破落的老小姐。毫无疑问,我只能满带疑惑地去理解这些。然而,某些东西传送到我的心中,不是通过紧咬着的从不开启的唇,而是通过依然铭记的手指的敲打:僵硬的、封闭的、冰冷的感觉,面对那无法释怀的不平,钢琴、寒冷、阴郁、湿漉漉的小巷,虽生犹死。

音乐的折磨历经六载。安色尼斯的恐怖周四①应该是意料之中的事情,可是,我还得经常忍受小提琴的折磨(既然我父亲的小提琴演奏还说得过去,那我这个儿子也就必须在家人的面前演奏这样的乐器)。我的中学老师M. P... 的判决——一个充满活力和激情的矮个子,夏天刚刚在圣弗洛朗钓完鱼——简短而急促——没有任何小提琴的天赋。我的家庭却还要坚持:在接下来的岁月里,在课程之外,我利用午休时间一周三次地去进行每次一个钟头的练习。我呆在空无一人的教室里,窗户朝向操场;可以听到旁边教室中打扫卫生的声音,这使得中午的休息几乎被剥夺了。为了"学习",必须站在讲坛上;舍监巡视时会透过门瞧一眼。我打开琴盒,开始拉响琴弦——很快,被噪音弄得心情沮丧,我将盒子放在书桌上,坐着教师椅,以老师的新视角来观察,天花板上有许多纸团,有些还带着线头——但是,很快,舍监发现"锯木音"长时间地中断了,于是他凑到大门的玻璃窗前向屋内张望,如同一位骑士的雕塑。除了这些可怕的时刻之外,浪费也令我难过:作为一个好儿子,强烈地感觉到我在糟蹋家里的钱;最后,我决定改变自己。这一苦难给我留下的是:对小提琴声的强烈反感,我很不喜欢小提琴独奏——只是在合奏时,才能忍受,比如瓦格纳在《洛恩格林》序曲中使用的。

---

① 指前文提到的1919-1920年间每周四去R小姐家练钢琴。

＊ ＊ ＊

在象棋方面我从未入门。我尝试着让自己走向它,没有向导,困难重重,但是从一开始我就固执地认为自己从属于它,哪怕没有一点天分,如同罗盘上的指针。我的一个中学同学有天教我(那时应该 13 岁)玩象棋,他是偶然开始接触象棋的,以前从未玩过。我也差不多,因为在长时间里,我无视"王""车"易位的规则,曾自以为在开局同时让两个卒向前是合法的。我沉迷其中,首先倒不是因为游戏的魅力,因为我对其可以说一无所知,而是这些雕塑似的小棋子,它们在我心中如同一种魔术;在其中,似乎隐藏着某种力量,如同在塔罗牌秘术中一样:在那里,有着某种神圣游戏的气息。没有棋盘,我就用小木板和墨水自制了一个。接下来,自己用小刀削了几个棋子,有点粗糙。星期天,在学习室的角落中利用这些粗糙的材料,我不知疲倦地、胡乱地推动着这些木头棋子,对手则是某个被看管的淘气鬼。一天——在尚多塞我家的老房子里——我发现了在一份报纸,它好像用来包过什么东西,上面有一部分用来复述和评论象棋。看到自己半隐秘的怪癖出现在印刷品上,我因惊奇、尊重和神秘而感到眩晕;我完全看不懂注释;我在这些无法理解的符号面前,如同商博良站在罗塞塔①石碑之前。不久之后,我花 1 毛钱买了一本小册子,它揭开了国际象棋在我心中的神秘面纱,我开始记下每盘棋。我仍然保留着两、三本这样的写得密密麻麻的棋谱:不协调、不连贯、迟钝,我简直就是棋盘上的鲁宾逊,我们都曾经(我收了五、六个弟子)从头到尾持续如此之

---

① 此地由罗塞塔石碑得名,该大理石碑上刻有埃及国王托勒密五世的诏书。

久,至少我不惊讶于曾在这方面投入了几个世纪的数不胜数的比赛,直到费利多尔①,没有他的话,我们就不可能在棋艺方面取得任何进步。最后,在一家书店,我发现了费利多尔——接下来,1929 年发现了雷蒂②的书:《象棋的现代观念》,这本书是棋界中的超现实主义宣言,我在伦敦的这个夏天都是在发现和幸福中度过的。1931 年,正是尼姆佐维奇③的《我的体系》。我时常不在家,全神贯注于纸上谈兵,几乎完全放弃了下棋的实践;除了没有下棋的天赋,我还有一个弱点——这一点已被证实——就像个拙劣的作家,刚会写商务信件,就开始不断寻思如何能够接近拉辛、波德莱尔或者雨果的高度。不再下象棋,而是作为比赛的爱好者,正如有些人是绘画的爱好者。

* * *

在棋盘之上,正方形的对角线等同于它的各边。以赢得比赛为目的,雷蒂由此开创了其研究的独特性,这些研究有时还带有神秘色彩。

---

① François Philidor,18 世纪中叶法国国际象棋大师。
② Richard Réti,20 世纪法国国际象棋大师。
③ Aaron Niemzovitch,20 世纪俄国国际象棋大师。

海 景

在西翁,高出大海并令我想起乘坐法兰西号从纽约返航的一间小公寓里。当然,我更愿意把它称之为豪华邮轮。推开公寓的门,展现在面前的全都是小港湾,在那里只能看到海水和波浪;只有向前走到阳台且在涨潮时,才能看见陆地以悬崖峭壁的模样向海边延伸。隔三差五,天气晴好的时候可以看见对面的约岛,右边是长长的沙滩及远处有人居住的圣让·德·蒙悬崖。

退潮了,宽阔的岩石齐齐地曝露。延伸到两三百米开外的悬崖脚。五、六块巨石棱角分明,见证着峭壁的退却,它们俯视着这些被海水侵蚀得像撒哈拉沙漠里风化的荒丘一般的悬崖。悬崖断裂的片岩与小海湾结构相契合,一涨潮,浪就从这些一般纤长、狭窄、凹陷的中空小洞中滑过或者从暗处激起,就像舌尖触碰到龋齿的虫洞一阵悸动。人们在退潮时看见悬崖,事实上从暴露的旷原开始,到处都是龋齿的景象嵌入人们的心绪:阴暗的洞窟,清空了岩石的幽深的洞中,一道与沙床相平的裂缝勉强可见。碎骨片、残齿、被腐蚀和撕扯成边口锋利的伤痕;睥睨残破的旧屋,蜿蜒曲折,比肌肉上伤痕的纹路更复杂。

西翁镇上,几个光秃秃的沙丘、几间临时搭起的店棚和海藻的气息让我想起在海滩与"好水源"山头的汇合处——在波尔切奈的旧城的童年;沙丘后面的蒙斯松树林让人想起以前的阿莫尔树林,那时候拉波尔·勒·班①区还不存在。但贫瘠的波尔切奈是寒微的红柳林后的花园别墅——在它们的松林和柽柳的掩映下紧挨着——海滩的居民靠来自大城市的资本家过活,守护着他们的持重、社会等级观念和封闭的社交圈子;在社会开放的时代,一个乡土气息浓郁的省份就这样真实地通过每条街道展现出来,在露营地的帐篷外,一群近乎纯真的人依然享受着海滩带来的欢乐,他们的笑声使依次排开的帐篷好似一列欢乐的火车。他们是思想简单的好人,对任何事物没有偏见,在松林下或沙地上简单地野餐,从来不会讨厌新鲜的娱乐形式,好像刚过完《人道报》节②(每年八月在靠近郊区宿营地的森林里分批举行)似的。大部分别墅,崭新的,才盖了三到四年。在西翁,带薪休假的来临属于史前研究的范畴,现在已经没有这种习俗——生命的冲动在海滩上抛出散货,就像一个摇摆的桶、一张凉爽的床,在休闲文化中被突然提升。在1914年的波尔切奈,甚至在20年代,若要成为当时的度假者,在沙地上拥有自己的地盘,就要模仿保罗·布尔③的畅销小说中描述的,让别人清楚地看见你的宿营地,在这里一切回忆将成过眼烟云:人们拖家带口在沙地上安营扎寨,享受阳光:学生们重新回到度假营地,临时邮递员给大家带来当地版畅销报纸,来自

---

① "班"在法语即 pin,汉语意思为"松树"。
② La Fête de l'Humanité 或 Fête de l'Huma。
③ Paul Bourget 是法国作家。

安茹省或杜埃拉方丹或蒙福贡地区的度假者可以边用脚戏水,边读报上的消息。

下午四点还有太阳,夏令营队员们离开了树林,就像迁徙的蚁群穿越连接树林的沙岭,蜂拥至整个沙滩。到六点,他们聚成小分队离开,这才露出在沙滩上离群的彩绘遮阳伞,自在的浴巾和自由的避暑者稀疏的小群岛。这些度假者三三两两,自由自在,沉浸在青春的浪潮中,他们再坚持不到半个钟头:就会有留给单身汉们的高雅的余兴节目。每天晚饭后,那些石头边缘甚至是水上建筑里都有人住。温软的海风构成一个圈,环绕着海滩、悬崖:从海上看西翁,远远的,一些露营的人在松木栅栏后。世界就是这样,即便在这人满为患的沙滩上,就像凡尔赛宫的日出与日落一样别有的韵味。

清晨都是这样,退潮时一股清新的恬淡来自无垠大海。一泓清水被分割、被扯碎,晃动、洋溢着万物初生的气息。水光与夜色同时隐匿,一种新鲜又陌生的气息霎时萦回在我们周围,还联想到鱼鳃——又一次大海母亲直接哺育我们。比一切儿时的回忆还要原初,比所有波德莱尔的诗歌①都来得沁人心脾。张开的贝壳散发出清朗和神秘,被碘化的风情像湿润深邃的故土扑鼻而来。

离屋三百米的沙丘形如荒原——长满绒毛的冈上,锯齿状陷落的缺口常被风流连,它统治着海滩上的流沙,绵延到丘陵和平地一带,方圆大概两三百米,野草占领了那里,尔后便是一片松树林。但浓密的环形沙丘比起在加斯科涅省要

---

① 原文为 tous les flacons de Baudelaire,源自 Le flacon de Baubelaire 这首诗,这里指波德莱尔的诗歌作品。

少点,内陆没什么特色。一片干涸的沼泽分批划成小块农田,农民漫不经心的翻地,同时憧憬着地价的上涨:这里将成为一块混合型的土地——交错的牧场、夏令营用的小棚屋、被草地蔓延的方形葡萄架、露天小咖啡吧、野营基地、广告牌和远离大海的在松木篱笆后散养的供人消遣的马匹。过了这根间杂斑驳的木条栅栏,景致就不再有什么变化,只一味地绿树成荫了。浑浑噩噩地旅游一上午之后,博卡日开始映入眼帘;与科西嘉岛一样,旺代陆地上的情形与海边完全相反:伯尔尼科、萨布勒斯、努瓦尔姆蒂耶①等沿海小城毫无生气,因此1793年驻扎在下普瓦图省的军队总是最不幸的。

　　从我家阳台高处往下看,约岛在海平面上若隐若现,恍如海市蜃楼。若持续几天天气晴好,它会被细微的轻雾边缘遮蔽消隐;至若一阵大风或者一场骤雨后,天色逐渐暗淡,它却会突然奇特而清晰地显露出岛上的树林、灯塔甚至最北端茹安维尔港——人们每晚可以看见闪闪发光的海滨大道。从我的阳台上看去,从没一艘大船进入视野,除了几艘在好天气里变换队形、供人娱乐的帆船。夜幕降临时,会有一组二十来只小渔船驶离圣吉尔斯,往空中撒下些大大的渔网;其余时候,眺望这片平静的汪洋,景象与特里斯坦岛②上的牧人眼里的一样。

* * *

　　夏令营——西翁市有三十几个夏令营,都令我扫兴,天气不好的时候,人行道上只能看见穿着黄色雨衣由老师陪伴

---

① Pornic, Sables, Noirmoutier,皆为法国海滨城市,属于普瓦图省。
② Tristan da Cunha,也译作果夫岛,位于南大西洋寒带地区。

的小朋友:关于我在南特中学时类似的恐怖"放风"的回忆在晴天时很难挥去,雨天则更不可能。我们走的是夏季上山放牧时羊群走的山路,很宽并布满灰尘,一看到这条路我就感到沮丧,它穿过松树林,路面上清晰地留下我们与羊群不同的足迹。我气鼓鼓地皱着眉头走着。比起海滩,山路简直就是监狱,我的记忆和思想不会在这样的地方被压制:如今回忆告诉我,决不能将两者混淆,对于我而言,山路是限制的纯正象征,而海滩则是自由的象征。

* * *

暴风雨前的薄雾平静地笼罩着西翁。黄昏降临,本来火红的阳光失去了生气,悬在低空,消弭了灼人的光芒——仅隔几海里,像有一堵油腻的灰墙横亘在天际。四下里没有一条可见的地平线进入视野。日影的正下方,秋禾在舞蹈,镀金似的碎波闪闪烁烁,好似烟火散落的金雨,凝滞的闪光浮在一层上了油的水面上,在薄雾下,让人勉强才能猜到。距离与纵深感立时消失了:此时此刻,羽絮般轻逸的门帘交错洞开,一切都消融在来自大海深处、那令人牵挂的转瞬即逝的美景中。

* * *

一阵凛冽的西风扰乱了这些天的晴朗,海流由平静的海底上升到海面时,变得波涛汹涌,海水仅剩一抹湛蓝,其他则变成粘土色,就像泥石灰矿中水坑。一片水蓝的色泽充满了这装满泥石块的大坑。今天早上,两场短暂的暴雨之间,一缕阳光洒在海上。片刻,阳光下泥土的黄色完全弄脏了海水。这些波涛是粗犷甚至愤怒的,它们密布在海面上,将它刻出格状的纹饰，就像用调色刀制成的画作，每个浪头镶嵌着奶油色的泡沫，但是奶油似乎放过了量，与其说波浪随着风的翅膀紧贴着海面，还不如说，它们是雕塑家用大拇指、刀片和刮刀制作的粗糙的作品。

普鲁斯特在小说中不断提到艾尔斯蒂尔所画的海滨风景，尤其是《卡尔科图伊港》，他认为艾尔斯蒂尔的陆地画得像海滨，反之，海滨则被画得像陆地一般，表现出坚实的感觉。我曾经在现实中亲眼见过这样的风景。有时，在某个地方，大自然具有将颜色、光线和材质融合在一起的鬼斧神工之妙，若不尊重自然，任何一位画家都无法画出好的作品。

在我看来，可以回应一切绘画要求的只有大自然，既不是麦克思·恩斯特所画的城市或岩石，不是勒东所画得花朵，也不是卢梭所画的森林。对于呈现在我眼前的画中风景，我都在潜意识里确信自己应该亲眼目睹才算数。

* * *

夏末的几天，享受海水浴的人们像倒伏的秧苗一般四仰八叉地躺在沙坡上，任凭阳光一天一天把自己熏黑晒干。他们没有分散在海滩上，而是像怕冷似的聚集在帐篷前。因为夏末，整个沙滩也就剩一片方块地上有为数不多的帐篷，其余地方则空空荡荡，好似洪水泛滥后的淤泥。松林又重新被胆小的野兽们战战兢兢地占领，我在那儿散了会儿步。这天早上，在沙地里，我瞧见整条新挖出来的、狭长的小沟，里面混合着新鲜的动物粪便，就好像人们前夜里才挖出来的。在我面前，一只小松鼠用牙叼着一个几乎和它一样大的被野餐者扔掉的皱纸球，窜到了一株松树上。一轮微白的斜阳显得柔和，没有更多热量却像镀了金似的。小道空空荡荡，近乎清灵的空间里洋溢着一种归属感，人一旦身临其境，这种感觉就会充满整个肺叶。每个人走在静寂的乡村小路上，不那么快也不那么吵，就像踮起脚尖蹑手蹑脚地走一遭，就像随着这季节韶华骤逝。退潮时，孩子们的叫嚷多了起来。笼罩台阶、阳台顶的阴影直到再也分辨不清。白发的女人如同一座座雕塑散布在太阳下一动不动。房屋与人群，这一切似乎在海天之间漂浮，与平时颇为不同的是生活节奏也因为那些晚归看日落的人们而慢了下来。

从下午开始，黄昏前的轻雾便悄然降临。日本国旗上红点似的太阳变小了——变得不比月亮大多少，整个儿悬贴在轻逸的、淡紫色的天幕上，进而海天一线，地平线则被隐藏了起来。帘幕下流动的大海似乎蒙上了一层厚重的油光，海水拍打滨岸时，海面涌起层层水纹，好似绵长光滑的锦缎微微皱起的波浪。一阵来自陆地的风吹走了这景象，汹涌翻滚，抓扯着海面，像起风的沙漠或是奔马飒飒作响的鬃毛。海面上若隐若现泛起的光环也是油光发亮的，好似蒙上了一层石油。海景中很少展现出这种反射光芒的风致，粘稠且混浊：就像水质搅浑，又如美酒变质粘稠。

又一年过去，岁月又要带走这些光芒四射又清冷空芜的时光，我的《阴郁的美男子》(*Un beau ténébreux*)讲述的就是此时的故事。这些逝去的日子使我经受了洗礼，它们助我挥别过去并为我重新打开生命之门，它们令我清醒并十分强烈地"召唤"着我。写作时，我面前沉沦的太阳泛着黄晕，笔在被镀上一层金色的纸面上飞跑，像一道修长而尖削的日晷仪的细影。一年中总有那么几个片刻，或如期、或爽约地出现在我面前。但这一次它迟到了，在我面前不再有任何残留。

＊　＊　＊

退潮时,古瓦通道①边的渔夫们。尘灰般阴沉的天,粘土似混沌的海,浑浊的雾气遮蔽了地平线。泥潭和砾坑里盛满尿黄色的液体,环绕着罅口边缘泛起朵朵水花。一时间,比田里稻米插秧时节还拥挤——带着铁锹和铅桶的整个人群沾着泥浆,在一望无际的泥沼中跋涉,消失在茫茫大雾中。地平线沉溺了,水天边际在动荡的波光中隐约可见这群浑身湿透、微不足道的人。泥洼中,灰色的外形突然让我想起了一个部落,他们是大洪水时代被诅咒、被追捕而逃往海边的部落,试图在原始的泥沼中夺回几个幸存者。斯堪的纳维亚的史前学者指出:这些以贝类为生的迁移者在厚厚的地质层中以 kjokkenmoddiger② 的名义留下了一大堆空贝壳。

　　　　　＊　＊　＊

层层麦浪,在海平面上来回翻滚,绵延成行。从灰黑的桥拱望去,低云如同舞台的檐幕,茫茫雨丝直直滴落,就像舞台谢幕时放下的帘幔。一条灰紫的滚边镶在地平线上,在那里,大海是玻璃酒瓶一样的莹绿。离岸千米开外,那种绿色又转为一种像淤泥似的土黄。应该可以想象到和广阔的大海相平齐。一切就像呈现在我们眼前的、颓唐与凄哀的幽蓝,比苍穹更显幽邃。广阔天空反射着大海的光泽,那营造出光影本身构成动人的情调。即便陆地上春日的早晨充满鸟语花香,也比不上美丽平静的大海上那欢快、动人、清新的

---

① Le passage du Gois,位于旺代省,将努瓦尔穆杰岛(l'Ile de Noirmoutier)与陆地连接去起来。
② (史前)事物残屑

早晨。

眼下,短暂的暴雨将我包围:大海携着阳台水门汀似的灰色卷来,直到灰色的蒸汽样的帘幔消失。一只海鸥完全贴近海面翱翔,没有其他动作,擦着我向前的舷栏,孤独地掠过。只能用一首中国古诗才能表达此时此刻我同样微妙的内心感受。

人们觉得冰雪代表寒冷,而滑雪运动改变了这种对于冰雪的负面印象,同理,人们觉得大海代表动荡,而气垫船(滑水早已存在)则将之改变,或者已经改变了这种对大海的感受。这"单色的液体"在两千年后又重新赢得信任,它富于诗意,成为短暂与变化的象征,与海风、海浪有关的游戏几乎是人们的首选:大海重新变为一块结实的"木板",在我们第一次纵身跃入的那一秒敲打着我们的肩膀。

* * *

蔚蓝的天空缀着朵朵白色轻云,一串串泡沫将早晨的大海点饰成横向蓝绿色条纹的模样。那些泡沫给人手工浮雕的感觉,就像画师黏稠的涂料。强劲的海风中,只有一艘小帆船冒险向着广袤的大海航行。所有的一切都富于动感、活跃、生机勃勃、令人愉悦,现在是十点,在大海青春的光亮旁,树林和房屋上的光已经像是熟透的桑椹果。早晨的王国在浪尖冷却、延展。人们几乎惊讶于看不见鼠海豚和海豚嬉戏并将如此激烈的场面物化,来自约岛的信件从远处如同护卫舰一般,斜穿过广袤的水路出现在我面前,海岛本身被隐藏水天之间,只有天晴时才显现出来。这个早晨属于"恐怖号"巡航的时间:一切都消失在它激起的浪花之中。

涨潮时,从我的阳台上几乎可见汹涌巨浪的发端,它们开始吞噬着广阔的静谧,一种光线的幻影造成了它们好似向宽广的海面叠起的楼梯。这使人想到在那些巨大的楼梯上一层层巨大的台阶,圈状的泡沫镶在这台阶边缘,让我沉浸在曾让我忽略作者的某句话的回忆中:那是凯费莱克①为他的一本著作所作序言中的一句:我长久地在巨浪的台阶上祈祷。"台阶"这个准确的选词让我击节称赞。

在我面前,一只孤独的海鸥孤独地泊在水面上,海浪猛烈地摇晃着它,就像橡胶鸭一样没有活力。汹涌的浪潮过早地带动了它,其中一只稍稍抬起的翅膀漫不经心地扑闪,就像人们驱散小飞虫时做的那样。随后它在浪潮消停的时候休息了,总有这样那样的方法让它湿润。

* * *

晚饭的时候,整个沙滩清静了。这时,暮色变得浓重。高挑、修长、完美,飘散长发,轻舒曼臂,腰身紧束在正入时的茨冈长裙中,一个孤独的女子时而一遍遍舞动髋部以炫耀身姿,时而扭转过一张充满情欲的脸走向一步之遥的海边。她以一种戏剧化的步态,就像女歌唱家为了唱第三幕咏叹调,走向雕栏时缓缓前进。在虚空的天地间,在这场孤独的模仿游戏中,她恣意地展示着自己,让人着迷。世界上再没有一面镜子可以让人领会这种妩媚,也没有一个情人能承受一朵如此自恋的水仙花:她走向了大海。

---

① Yann Queffélec 法国作家。

美 洲

　　下飞机时轻微的摇晃令人舒心：数小时长途旅行瞬间化为短暂的几分钟。出发时，正是午餐时间；尽管与蒙特利尔有一小时时差，到达芝加哥时也不到三点半。此间，极地冰川、格陵兰岛和戴维斯海峡……我从未想象过北极光映衬下的阿特拉斯船长号邮轮会如此奇妙。

　　大地的颜色渐渐褪去：黯绿、棕褐、浅米褐（在拉布拉多）、红棕，格陵兰岛的岩石变成了鸟瞰皮卡地海岸沙丘时那种柔和的米灰色。过了苏格兰，天空在云层的堆积下成为了阳光照耀中一望无际的刺眼的雪原，它的身上布满了裂纹，时而像开放的花椰菜，时而又像尚蒂伊鲜奶油，沸腾着挤出一座高高的山峰。我贴着窗户向上望去，天空是藏蓝色的，隐约可以看见月亮的轮廓。地平线还是那么模糊：当云彩散去，人就停留在这深蓝色的天幕与透明的大地之间。我们停滞在半空中；已经感受到万有引力的作用；只有机翼的末梢在地平线上轻轻摇摆，偶而与它的铆钉、气窗、细微的裂纹及引擎的十字型开口一起变得清晰，当我们看着它在雾霭轻拂的天幕中心摇摆时，一种不适感也随之传来:陆地,太需要陆地!在这个高度上,一切都那么荣耀、辉煌、宁静:如同瓦雷里的诗,几乎整个旅程都是"公正的中午":这里已是九霄云外,这里到处是太阳的王国。云彩仿佛贴着地面或海面,覆盖着飞机两侧,形成一片阴影。有时,卷云在我们下方一百多米处飘过,好似暴风雪般,却在瞬间被一阵怪风吹散。

午餐后,人们将目光转向座舱舷墙上的电影屏幕。当飞机经过格陵兰岛时,似乎只有我在透过舷窗往外看(我不得不将遮光板拉下一半),机上所有的眼睛都盯着屏幕上愚蠢的美国肥皂剧。

总之,这架飞机很小;机舱天花板很矮,坐下时不免觉得有压迫感,更何况在奥利机场时,云层高度也很低,天空乌云密布。登机之后,我们在阳光中穿梭,压抑的感觉有所减弱与释放:一道强烈的光线从舷窗照进来,照亮了一切;美味的午餐端上隔板,身边环绕着蔚蓝色,阳光透射进来,让人误以为在享受快乐的火车旅行。

魁北克圣洛朗湾,宽敞如大海的臂膀,安静如一幅图画。沿南边海岸线延伸10至15公里处,有一片经过开垦的水平梯田被规则的道路网格分割成数个大方块。之后,视线尽头之处即是森林。

拉布拉多的巴伦荒原①;勉强算块陆地:星罗棋布的湖泊令人难以置信。感觉像负载着沉重冰块的运输车;有时又似泥水中凹陷的道路,只有坑洼的车辙若隐若现。四周凸起之处有着干稻草的颜色;其顶端点缀着的绿色斑点是岛上的矮树林,它一路向南扩张,覆盖了陡坡,积雪的面积也随之逐

---

① 加拿大地名。

渐减小。忽然,三百公里处,在这片水洼散落、光影斑驳的荒芜之地上,第一次出现了这条清晰的线条:它一直延伸到一处貌似马蹄铁形的浅矿。而飞机得再飞很长时间才能看到两、三条道路,在一汪湖泊的角落里伫立着一座小型堤坝,湖里似乎停着一艘小船。这些人类的痕迹突然划破荒岛的孤寂,就像钻石切入玻璃。

我似乎早已认识格陵兰岛:过去,我一直在想象着这些被冰雪覆盖、凹凸不平的金字塔,这些包裹在融雪中的冰原,石山黝黑的山顶。令我惊奇的是:峡湾中混浊的泥水混杂着如管道口般硕大的冰川在闪闪发光,这些散落的冰块就像碗碟碎片。接着,沿海岸可以看到大海上漂浮着成千上万的冰块,激起层层波纹,仿佛散布着许多粗线条构成的镶嵌画。

芝加哥,正午过后。出租车奔跑在高速公路上,向城市的心脏进发,我盯着高大的天线塔,它古怪地长出了一对阴暗、奇特的煤灰色犄角——像双峰般清晰可见①——是汉考克中心崭新、封闭的牵拉式摩天大楼。亚当斯大街上,我在水泥森林中下了车。突然,记忆深处再次跃出久远而被淡忘了的感觉:摩天大楼与地面街道形成了"峡谷",在阳光下十分耀眼,它正是七、八岁时南特市给我的印象,那里的楼房有五层,它们使街道变得阴暗,那时我们从海边回来,在此作数小时的停留。我只认识弗洛朗的房屋。唉!我现在之所以无法体会普鲁斯特著名的"玛德莱娜"经历,是因为激动的门槛儿会随着年龄而抬高:就我目前60岁的年纪,若想重温童年时来到克雷比翁路的感觉,除非是看到培基证券大厦。

---

① 原文为 distinct with its duplicate horn,选自艾伦·坡的诗 *Ulalume*。

* * *

奥古斯特·德雷斯①,刚刚逝世,他是拉夫克拉夫特②的朋友、知己、合作者,住在索克城附近的普雷里德萨克,他家是个宽敞的木屋,遮掩在树枝与藤蔓之间,不消半天就有树叶落在院子里。屋面板上了绿漆,里面还收藏着连环画,其收藏被认为是全美国最丰富的;在草坪另一端,是他自己的印刷厂——他出版自己的著作:回忆录、信札、与拉夫克拉夫特的谈话录,还有许多充满地方特色甚至是乡村特色的小说:在依旧飘乎不定的美国乡村,没什么比恍惚间想起可爱的故乡更令人惊奇了。

我们去索克城的一家餐馆吃晚饭,它位于威斯康星州的摩天楼上,好像卢瓦尔河被山丘和沙滩分开。初看相似,再看却不同。我们在阳光下走了很长一段路回到麦迪逊,又乘一艘渡船上穿越威斯康星州,几近铁路桥,这座桥与其他旧桥一样,已经有十五年的历史,令人想起法国解放战争时遭到轰炸的大桥。在上密西西比河,没有什么比这些乡村的民间艺术杰作更能令我惊奇:儒勒·凡尔纳小说里的高架桥,在"西部"得到了重建。它们随意建在长满睡莲的洼地里,供那些移民们的四轮马车③使用——这些桥可不是内行干出来的活儿,摇摇晃晃的,很危险,更别提坚固性了。当我们从星星点点的大草原回来时,看到了这些出于经济发展的急迫需要而粗制滥造的公共设施,相比之下,法国的建筑工程则按部就班、中规

---

① August Derleth,美国作家,生于索克城,拉夫克拉夫特是他的偶像。
② H. P. Lovecraft,美国作家,他与艾伦·坡、安布鲁斯·布尔斯并称为美国三大恐怖小说家。
③ 此处指汽车。

中矩，无论是桥梁、车站、沟渠、隧道还是高架桥，其材料都具有罗马式建筑结实耐用的特点。

* * *

我逐渐年迈，对光线的感觉却愈发敏感。在某些时候——比如今天下午在公路上，当太阳开始下山时，这种感觉就像酒一样令我上头。那儿似乎有一个希腊神话中的异教徒，我不否认：我无法对这样的情形视而不见。

又想起于默奥①北部的光线，它令我如此陶醉：充沛、富溢、无用的奢华；荒芜的剧场中大吊灯空自灼烧。这里的阳光更加侈靡，嬉费无度直至酣醉，仿佛从一位喜好挥霍的天神那颠狂的手指间射出。晶莹剔透的光线在拉布拉多贫瘠的土地上噼啪作响，如同一串钻石系在破衣烂衫之上。

* * *

美国铁路的没落。在麦迪逊，当我想要打听从芝加哥到纽约的火车信息时，最初碰到的两位路人都不知道火车站的位置。最后，我来到了这座城市最差的街区，来到一座被改作他用的车站，窗口后面只有一位员工，正在与一位黑人激烈地争吵。铁轨似乎被野草掩埋了，车库的轨道上停着几辆破烂不堪的货车；时不时出现一辆电机车头发出震耳欲聋的噪音。上世纪的新兴产物如今已如此破旧。"百老汇快线"是芝加哥到纽约最好的火车，我曾经乘坐过这趟车。卧铺座椅软垫缝隙中每块隆起的地方被擦得发白，而缝隙处却满是污垢，座椅靠垫也不知所踪。美国宾州铁路公司刚刚向法院

---

① 瑞典北部最大的城镇。

递交了破产申请;列车员候在列车口,似乎不像在等待乘客,反而更像等待清盘;满头白发的黑人司机,穿着磨旧的制服,好像殡仪馆里的职员——他们甚至没有通知晚饭的时间,似乎要把这老牌豪华列车中的美式幽默、以及满车的新婚乘客、脱衣舞娘、夜总会女招待、车厢走廊、光脚的、窗帘下的无赖等等,统统带进坟墓。

* * *

美国中西部的乡村:纠结的忧虑从此烟消云散。从麦迪逊到芝加哥、密尔沃基、普雷里德欣①等地的路上,都能看到相似的农场与松木造的尖顶谷仓,外面涂成酒红色,上面是放玉米的铝顶筒仓。沿途尽是镶嵌在玉米田里的牧场,有时甚至绵延一公里。农场面积之大令我等不敢再用"一小块地"来称谓,看着玉米田单一的米黄色与橙黄色,第一印象使人想起了巴黎盆地那些富饶的土地:比如科区(le pays de caux),它被山毛榉树林与沟壑分割成数块,又或者苏瓦索奈或博斯②。尔后,我竟然忽视了两者明显的不同:法国沟壑纵横的乡下令人思绪模糊起来;一段树篱突然出现,在树丛中渐渐变宽,尔后变得稀疏并消失在杂草丛中——一条空旷的道路从树篱中延伸向前,在青草中愈加平坦而宽阔——小树林与耕地之间是无边的"荒芜"之地。经常出现斑驳的绿色:不是荆棘丛生的荒地,而是人们弃耕的无用之地。依然是一种粗犷的生活方式;这里没有城市的喧嚣与嘈杂:这里的人们过着粗茶淡饭的日子,没有时间概念,也不需要过精

---

① Prairie-du-Chien,美国威斯康星州地名。
② le pays de Caux, le Soissonnais, la Beauce 皆为法国地名。

致的生活。

在我看来,印第安那的乡村位于加里与韦恩堡之间,那里在黄昏的映衬下显得最无生气。而威斯康星北部与麦迪逊西部乡村最有生气;有时,道路蜿蜒在黄色石灰岩构成的山谷中(甚至弗兰克·劳埃德·赖特①也是其中之一,它成为麦迪逊的一道风景)。圆形山顶时常被小树林占据:农作物在过于倾斜的山坡上长势缓慢;同样的山到了某个地方,却有一片森林会突然出现在丘陵的山脊上,犹如阿尔卑斯高山牧场上的白雪,覆盖了整个山梁。与安第斯文明和墨西哥文明相反,主宰这里的是平原文明,它不会侵蚀高处的风景,却也会避开山谷与河流中的沼泽:沿着密西西比河,或者从阿巴拉契亚山脉②倾泻而下的短小而湍急的河流,人们惊讶于其原始风貌,河谷谷底原始而错综的面貌令人惊奇:淤泥遍布的沼泽、枝桠交错的红树群路、野草茂盛的小岛,河流上好像被遗弃的木筏。居民点统一分布在这些空地上,沿着铁路或宽阔的公路,靠近河流交汇处或平原:这里没有一座像样的城市,想在这儿找到维泽莱或桑塞尔③、格拉纳达或阿维拉④只能是徒劳。生活仅在极端的层次展开,限定着某个区域的特色。欧洲人喜欢的生活方式可由以下标志显现出来:小镇、小教堂、耶稣受难像、瞭望塔、地势起伏的风景,这些可不是一天就可形成的;而这里的布局虽属偶然却总是实用:只有在遥远的丘陵顶端才能偶尔看到大地测量塔或电视塔。

---

① Frank Lloyd Wright 此处为美国建筑大师名字命名的地名。
② 位于北美洲东部
③ Vézelay, Sancerre 皆为法国地名。
④ Grenade, Avila 皆为西班牙地名。

* * *

即使对于大型长途邮轮来说（现在已经没有了！），当它即将穿越大西洋之前，一点激动、一丝庄重总会出现在启航的那一刻。从法兰西号的甲板上俯视，可以看到皮尔68大楼下面熙熙攘攘、人头攒动，这场景若换到飞机上可就没有人再敢挥舞手绢了。左边可以看到霍博肯的悬崖之上绿树成荫，它向北边的帕利塞兹水库延伸，崖顶有别墅。右边，曼哈顿的至高点，就像鲸鱼的脊背，中央公园四周林立的摩天大楼就建在这脊背上。船上的缆绳没有拉紧，船舷上的高音喇叭播放着老唱片中的怀旧曲目。此时，轮船慢慢逆流而上，向哈迪逊河驶去；而后，当船开始缓慢航行的时候，他们听到的是执政进行曲①（噢，戴高乐主义啊！）。我十分感动，虽然我没有什么人要告别。回家②！灯光耀眼，不朽而辉煌的地方，宽阔而湍急的河道，美丽的轮船——我们返航了——我们离开了世界的尽头③，那里昏黄的夕阳刚刚落下，轮船用汽笛声向 la Cité Uerticale④ 说再见，告别曼哈顿的摩天大楼，我们将回到欧洲旧城墙的怀抱。

人们穿过两个锚地及两个窄海峡后离开了纽约港，海面逐渐变宽；布鲁克林大桥横跨美国最窄海峡的两岸。邮轮从桥下经过时，依然能隐约看到曼哈顿，它像圆点般将平静的水流分开；当远离曼哈顿之后，乌云笼罩了上纽约湾；已远去的摩天大楼在黄昏的大块乌云中，如魅影似的一直下沉到海

---

① Marche Consulaire，拿破仑时代的军歌。
② 原文为德语，Heimker。
③ 专有名词，原文为 la Terre du Couchant。
④ 芝加哥现代建筑典型。

浪之中。隐晦而悲剧性的闪电并没有持续。最后的窄海峡没有那么壮观：从远处的茫茫大海上，可以看见一望无际的沙滩、几幢别墅、几丛小树林，像我透过埃斯科河上看到的帕阿尔港①，战争期间，泽伊德贝弗兰德岛绿色的河岸——即使在这巨大的城市附近，这些土地最后的边缘渐行渐远且愈发模糊，变得没有生命，如日德兰半岛或波罗的海的防护沙滩；繁忙的美国随着旅途延伸渐渐地消失在眼前。

* * *

美洲村庄：几块绿茵茵的草地，内河航道代替了围墙——零星的小木屋在树枝与地面之间。没有什么树木可以扎根：它是"花之村"②的原型，与房屋中介的窗户玻璃上贴着的花之村照片一样漂亮；从上面吹，一切会飘舞起来，只剩树木，比小屋的墙壁还要老旧。崭新的白色小教堂，不再像法国那样是村庄的核心，而是附属物，犹如邮局或储存玉米的仓库，被塞在不起眼的地方，像安插在甘蔗田里。墓地掩映在令人愉快的小树丛形成的绿荫中，墓前石碑群立于修剪整齐的草坪上：在此地没有凄凉；它们是鲜花遍地的牧场，而不是被吸血鬼和游魂纠缠的墓穴。伊甸园里的小树丛沙沙作响，内疚、死神舞、最后的审判在这里不复存在，浮现在脑海中的诞生于这片土地的印度神话——武士的灵魂转世为蜂鸟振翅高飞。

这些标志性的石砌建筑无不隐藏着一段传奇故事：城堡、磨坊、隐修院、主塔、耶稣受难像、遗址。在这些地方没有

---

① Port-Paal，法国地名。
② 自60年代起，法国的乡村开始通过种植花卉来改变本地的面貌，这项活动受到了政府的资助。因此，这些乡村被称为 village fleuri，即花之村。

任何人类磨难的痕迹:哥伦布发现新大陆前的土堆埋在了地下,似乎地球发生了运动,废弃的房屋灰飞烟灭,就像被烧尽的干草。夯实土地上的印第安铁轨并不比罗马时代的石子路长命。十字架反而具有异国风情:"白人的方式"与这风景和土地格格不入,这里的土地出产牛奶和玉米,而不是面包和葡萄酒。完全无需前往墨西哥:从中西部的乡下开始,人们已强烈地感觉到,基督教在这里依然根深蒂固,它滋养并记录着穷人、乞丐、麻风病人空虚的一生。

在马佐梅尼①村,我们来到一家古董店。那里出售农具、锌浴桶、犁铧、手工棉被、镶嵌在金属相框中的旧相片。这些从跳蚤市场淘来的相片苍白而陈旧,照的是上世纪乡村新婚夫妇,或某个已不知姓名的家庭,我曾经在同事家的客厅墙上看到过,他是文化人,任何拉辛式悲剧的东西都逃不过他的眼睛:像他那样当自己是个孤儿还真是困难。

* * *

在纽约逗留那几天,这座城市的非人性简直令我感到惊恐。我住在第七大街一家酒店的12层,位于麦迪逊广场与时代广场之间。深夜,看完棒球电视转播之后,我凭窗眺望帝国大厦的顶端,那里被耀眼的银光照得通透;其对面的每扇窗户像被这灯光照亮的洞穴一般(大部分美国人似乎不知道窗帘为何物),我可以看到房间里有人躺在床上,在入睡前翻着报纸,一层层垂直地看去,都是同样的景象,有点与现实错位,好像隔着窗户看电影;外面警笛粗野的嚎叫声不停撕裂着这样弱肉强食的城市。白天,一旦走上街头,就只剩不

---

① 马佐梅尼镇沿威斯康星河,位于 Dane 郡西北。

停地走路，直到精疲力竭；没有一个可以落脚的地方：马蹄形的酒吧里人头攒动，闹哄哄地，人们坐在歪歪扭扭的凳子上纹丝不动，这情形令我恶心，就像露营时拉肚子吃止泻药的感觉。到了正午，人群从一幢幢摩天大楼里涌向街头，好像从榨汁机的缝隙里喷出的果汁。没有树木，纽约没有绿色：这是波德莱尔式的城市，完全找不到绿色的踪迹，也没有阳光，时代广场上巨型温度计的水银柱猛然升高许多。第二天和第三天，我可怜地在麦迪逊与第五大街之间游荡，已经泄了气，仅被中央公园的午饭时间吸引：那里靠近动物园的地方有个露天咖啡厅，人们闻着动物的臭味与尿骚味儿吃午餐，但是，至少这里有树，可以在树下进餐。第一天，我勇敢地来到百老汇，从麦迪逊步行到巴特利公园，为那里与众不同的羊肠小道而惊讶，这条路边的景象，一会儿奢华，一会儿破旧，一会儿人多，一会儿无人，一会儿被罩在阴影里，一会儿又突然撒下一片阳光。烟囱挨家挨户地冒着烟，懒懒地将白色的蒸汽送上天空，就像停下来的机车头；空调外机的水滴从高高的墙上滴到人行道上。但是，百老汇大道的末端却令我欣喜：两公里处，我突然看到街景在摩天大楼的水泥森林里开阔起来，露出窄窄一道被光线淹没的空隙，我猜这里最终会延伸至大海：我觉得，这里才是这个城市吸引我的地方，在水泥森林形成的沟壑里，在巴特利与荷兰墙①之间，这里有突然而至的空气与微风。

  第一天晚上，在酒店，在商店，芝加哥的街头——就像英国人在加莱发现法国女人的雀斑一样，我似乎发现了美国的

---

① le mur des Hollandais，1625 年，荷兰人在美国建起防御工事抵御印第安人，该工事称为荷兰墙，现址为巴特利公园。

味道:一种甜甜的味道,飘着麝香的气味,有着远东果酱般的复杂味道。我曾经有过这种稍纵即逝的感觉,却无法断定它的源头。

在我看来,芝加哥比纽约更陌生,若从照片上看纽约,则需要很大尺寸的照片,因为要从全景来感受这个城市磅礴的气势:不仅在于摩天大楼的规模,更在于水面拓展出的巨大空间,笔直的峡谷中自下而上的气流穿过曼哈顿,将海峡连接起来;这里或那里,大风和光线光临此处,如骑兵队进入破城一般。在芝加哥,摩天大楼更多样化、更耀眼、更具有巴洛克式的风格,而在玛里那区,河流穿过一座座小桥,可以想象沿着弯弯曲曲的河流形成的大型居住区所构成的错综复杂的三维立体迷宫。有时,我会在文章中幻想——就像儒勒·罗曼①写三百间房间之谜那样,设想我在街上观察一幢像悬崖峭壁似的五十层大楼,我仰望着整个大楼上如洞穴般的窗户,突然发现其中的一扇与众不同。

* * *

在麦迪逊市的"湖畔"公寓,我凭窗眺望旧时威斯康星州统治者府邸的草坪。后面是曼多塔湖,而湖之尽头是机场,远远看去,飞机像火箭一般起飞。这草坪好像安娜·德·诺瓦耶②诗歌中的神话。早起的兔子根本不怕人,它们用啮齿修剪草坪,把周围的一切整理得井井有条,接着,松鼠(有四只)从黑橡树上跑下来,开始在青草中欢蹦乱跳,它们互相追逐,有时还会来几个山羊跳,而后又跳上绑在两棵树之间的

---

① Jules Romains,法国作家、诗人。
② Anna de Noailles,法国女作家、诗人。

缆绳,再来几个回旋。

  晚上,一群闪亮的欧掠鸟在草坪上打架,它们易怒、难以相处,将冒险也来到这里吃草的外来"强盗"赶跑。一次,我看见一只长着火红色羽毛的小鸟从黑橡树飞到山核桃树上,它长着黑色的翅膀,大小若麻雀,毛色则亮若蜂鸟;我此前曾惊奇地发现红色的风琴鸟,在这个纬度实属罕见。这里的植物多样性也征服了我,那些漂亮的树:枫树、垂叶黑橡树、荆棘状漆树,山核桃树青褐色的树皮:Meschacebé① 河沿岸的美洲地区依然在那里隐约显现,受到管束,却不被驯服,时刻准备东山再起,恢复活力。当我从那所大学返回时,从远处就竭力寻找松鼠隐藏在草丛中的弓形尾巴,它们灰色的皮毛在校园的草坪上闪闪发亮。金花鼠背上长着横纹,坐在那儿移动着小身子觅食。这样的景象比起欧洲更加温馨、更加有趣、更加亲切。这些天真的小动物吸引着我:它们对我们若即若离,似乎想跟人类交谈。

*　*　*

  麦迪逊市。吉尔曼大街:本应熠熠生辉的榆树似乎得了"荷兰病②",我看见它们一个接一个倒在地上:每棵树都在这个城市华丽的外表上撕开一道伤口。兰顿大街,早晨我从这条希腊人聚居的街道去学校,"博爱,sororité"③在这里由 $\Delta\text{-}\alpha\text{-}\varphi, \pi\text{-}\rho\text{-}\theta$ 来表示。法国街:马路尽头的湖边停着小船。没有树的国家街,正午时分,有个黑人正在刺眼的阳光下擦洗高楼上的窗户,这种作业很危险,看上去令人生畏,他好像

---

① 密西西比河旧名,向南流入墨西哥湾。
② 经济术语转指因为某种低级原因情况急转直下。
③ Sororité 是拉丁语中博爱的意思。

《汤姆叔叔的小屋》中的人物,我在烟草商店买了几盒高卢牌香烟,这店里弥漫着混杂的味道:在这条街的每个角落,都有赖茨维尔的地方特色,它是埃勒里·奎因①侦探小说中的首都。对于在夏日骄阳下寻找阴凉地的大学生来说,贝斯克姆厅②真是个受苦之地,因为必须要攀登到这里才能找到阴凉。联合广场石板路由大理石砌成,十分耀眼。米弗林大街和街上的学生区,树下木屋的阳台上有时插着红色或黑色的旗子,榆树树干上贴着小布告:解放米弗兰③!麦迪逊火车站,灰色的铁轨埋在草丛里,空荡荡的候车大厅令人感觉无依无靠。从湖边联合广场餐馆的露台往下看,人们在水边抛掷的飞盘也失去了生气。"湖畔"公寓:观景窗外就是湖,没有窗帘和百叶窗。大清早,湖畔升起的太阳唤醒了我,几百只欧椋鸟在屋顶上盘旋;清晨,附近的山核桃树上,一只不知名的小鸟鸣叫着,好似十几下响亮而震撼的鼓点。前一礼拜,我在公寓里光着身子躺在床上,像一条因为中西部闷热天气而搁浅在沙滩上的鱼。草坪上、长椅间的人行道是用石子铺成的小路;大学生们胳膊下夹着书,光着脚丫无声无息地走过小路来到树下。植物园在真正的森林里,我与作我向导的女学生迷了路;她差点踩到一条黑底白纹的蛇。梅普尔布拉夫④,森林所在的山丘位于湖后面,白天晚上都可以从那里看见蓝色的轻烟从机场上空升起,树下的"别墅"——即周日停在曼多塔湖上的赛船。威斯康星大道上共济会多利

---

① Ellery Queen 是美国侦探小说家弗雷德里克·丹奈与曼弗雷德·B·李共同的笔名,Wrightsville 是《十日惊奇》的故事所设定的英格兰小镇。
② 威斯康星州大学的行政楼,在贝斯克姆山山顶,那里有草坪,学生喜欢在那里休息。
③ 米弗兰地区的中心是米弗林。
④ Maple Bluff 是麦迪逊的一个行政村。

安式的庙宇。我在信箱里发现了统一论的宣传小册:Have you considered him? 汽车车身上有关选举的宣传语:Bobby for attorney。深夜,湖畔的灯光组成了一圈光的项链。墨西哥 Paco 餐厅的椭圆形花坛,松鼠从市政大厦穿越马路,但只在周日,没有多少车的时候。弗兰克·劳埃德·赖特在泉绿①建造餐厅:阳光洒在威斯康星河上,洒在丰特夫罗的山丘上。美洲炎热的夜晚,蝉鸣声时断时续,而后嘎然而止。漆树林沿着石子小路分布,围墙上用漆喷着一些字:"祝你生日快乐,珍!"——"造爱,不造人"——"大学生会如此残酷"等。当我走进办公室时,空调的凉风令我头皮发紧。那个目光温柔而迷茫的女学生希望"用法语写小说"。普雷里德欣镇:密西西比河上黄色石灰岩的绝壁,河里的小岛与支流交汇处,水边的草场绿油油的——这里的桥与巴黎圣马丁运河的桥一样。向南望去,可以看到森林从绝壁坠下,堆积在浅滩上,一直延伸到河边,绵延不绝,原始而茂密:从德·萨莱骑士②经过至今,这里没有一丝变化。

* * *

两个月前我来到纽约,到现在纽约的高楼天际线已经发生了变化;芝加哥的高楼也会步其后尘。一幢摩天楼在曼哈顿刚刚落成,它比帝国大厦还高几米,而 1974 年报纸宣布,芝加哥可能打破世界最高的纪录。但是,这只是数量上的微小差距:美国的变化表现出渐进的特点,欧洲这五十年来的变化则显得突兀。现在,从远处看,高高的方形摩天楼拔地而起,超过了古代的钟塔。它们令我想起了阿莱西亚考古公

---

① 泉绿是弗兰克·劳埃德·赖特的建筑经典之一。
② Cavelier de la salle 是法国探险家。

园①所在的罗马要塞,比如童年时代历史教材中的相关描述:高耸的堡垒被封锁壕规则地间隔开,各个堡垒之间拉起锁链,似乎为了渐渐征服、包围、掩盖这座用神秘木桩围起的基督教老城。昂热、普瓦蒂埃、亚眠的现代化比纽约更直接、更令人担心。曼哈顿的建筑风格保留了带尖塔的钟楼,只是有些平民化的趋势。相反地,像亚述城或圣经里的城市一样,这些在20世纪仿造的中世纪城堡和南方小镇使人压抑:削平的门塔、平顶的高楼,用隐形的盖子压得很平整。我从罗斯坎维尔高地看着全部重建的布莱斯特城,在平坦的马斯塔巴②岩石上耸立的楼群,交错的楼顶,这个由塔吊和搅拌机突然之间建起的城市,此时,水泥令我思想混乱,石头让我有新的梦想:面前不再是旧时书中的甚至不再是旧明信片中的那座城市,它是巴比伦、底比斯或波斯波利斯,也可能是特兰城③,这是一座麦克思·恩斯特④的城市,悲伤而壮烈,它被修造得好似一座伪水平线错觉⑤下的阿兹特克金字塔。

* * *

乘船返航时大西洋的空寂。这条繁忙的航道曾让我以为会看到船来船往的画面,而事实却是什么也看不见。第二天早晨,一架螺旋桨飞机在我们头顶超低空飞行——在科努瓦耶⑥的天

---

① Alésia 是庆祝和记载法国历史上一些重要事件的地方,如阿莱西亚战争。
② mastaba 是阿拉伯语,指古埃及贵族的一种石墓。
③ 底比斯被荷马称为"百门之都"的帝国,波斯波利斯是梅尼德王朝时期古波斯帝国的都城,特兰城是墨西哥城的前身。
④ Marx Ernst 德裔法国画家、雕塑家、达达主义和超现实主义艺术家,被誉为超现实主义的达芬奇。
⑤ Faux horizontal,飞行员专业用语,为视错觉的一种。
⑥ 法国人叫 Cornouaille 半岛,英国人叫 Cornwall。此处指英属科努瓦耶,位于英国西南部。

涯海角附近,傍晚时分,我们超过一艘三桅帆船;从清晨开始,距离海岸线六、七公里处,捕鱼船三三两两地出现,有时甚至仅有一艘:它们颠簸摇晃、时隐时现,遭受着大海的虐待。然而,在航行途中,即使凭栏远眺,也只能偶尔看到五、六只小鸟组成的鸟群,它们大小如麻雀,像箭一般滑至水下几厘米处,随着起伏的波浪消失在浪花里。其敏捷和速度让人惊讶:它们冲入潮湿的浪底,却永远不会超越浪尖,它们像在迷宫中接受着咸涩"沙丘"般的浪花的束缚;像是在疯狂地找寻迷宫的出口。

* * *

茹安维尔王子①的回忆,他是水手,是路易·菲利普的儿子。19世纪上半叶,法国海军在军事上并不总是辉煌:通过阅读航海故事可知,只要遇见暗礁,法国舰船就会搁浅,而且经常在英国船员嘲笑的目光下接过他们扔来的缆绳。一次,王子正式访问某个英国殖民地时,驱逐舰上的全体船员刚一登陆,当地警察就再也无法将这些老水手重新聚集起来。这有助于让人们理解著名的普理查德②事件和"参观权利"事件的来由:路易·菲利普早料到法国海军在特拉法加③什么也没看到就遭遇了失败。

---

① 路易·菲利普一世的儿子,航海家。此处为1838年他在巴西之后访问美国的事情。Joinville是巴西城市名,也是他的册封地。
② 乔治·普理查德于1837年起成为塔希提岛的英国领事,在他的挑唆下,英法因为塔希提岛开战,该岛最终变为法国殖民地。
③ 拿破仑执政后,法国于1804年5月迫使西班牙一同渡海进攻英国。1805年10月21日,英国海军上将纳尔逊指挥的英国舰队与法国、西班牙联合舰队在西班牙的特拉法尔加港海面上遭遇。英国舰队以少胜多,使法、西在这场海战中惨败。

1841年,茹安维尔将船停在美国,泊船的地方比船身大不了多少,他由此参观了尼亚加拉大瀑布,乘坐湖上的船只直到绿湾;从那儿,他骑马穿过今天的威斯康星州,经过温纳贝戈湖和丰迪拉克①,直到伊利诺斯州的密西西比河:这正是我几个月前到过的地方。他在那里见到了涂着油彩作战的印第安人,还有几个住小木屋的人。这就是1841年的丹郡。

　　"过了丰迪拉克,我们来到这些草场,这些一望无际的草场,枯黄的野草(10月末)覆盖着稍有起伏的平原,这里或那里偶尔会出现一簇树丛。我们的马匹欢快地在冻土上奔驰……再远看,天边升起一大片乌云并迅速前进:原来是草场着火。于是,我们将自己所在的草场点燃,这种做法大家都熟悉。不出五分钟,火苗被风吹得迅速推进约一里地,其速度如奔跑的马匹,燃烧的声音像火炮在远处齐射。我们与马匹陷入了我们点燃的火场中"。

　　荆棘丛的野火迅速燃烧,使这块原始土地突然完全改变,在它的启示下,我现在更理解马佐梅尼的这位古董商。1970年,这些湖变成了草场。废水中的磷酸钙使藻类大量生长,进而侵蚀曼多塔湖:我看见窗下一艘机器船往来于湖上打捞和捆扎这些海藻;船过之后留下透明的大块浮冰,好像破冰船划过的水纹。给麦迪逊市各个街道带来阴凉的大榆树不知道什么原因一棵接一棵地死去;每天都有两、三棵榆树被砍掉;如果若干年后我再来威斯康星,将会看到一座光秃秃的城市,在非洲发酵的沼泽边,接受七月阳光的炙烤。

　　哎!以王子的才能是无法生动描述其所见所闻的。他

---

① 美国温尼欠戈地区印第安人聚居地。

在追忆圣赫勒拿岛①时的叙述多么庸俗啊！夏多布里昂从巴克街见到的场景比它好十倍。他唯一留给我们的具体细节是：他的随行人员伴随着英国音乐走向岛边的沙滩，而演奏曲目为圣诞老歌：齐来崇拜，在英国则已演变为哀乐：此时所有的情形本应关于拿破仑的，却招来了"圣诞老人"。王子只是就土著人与卫生状况进行了观察（我只想问，这样观察的意义难道只是向人们确认，当来到这里打开某个棺材的那一刻，不会看到被疾病感染的一家人或被扒了皮的遗骸）。他什么也没有感受到，若换作黑格尔看见他走在德国的某条街道上——黑格尔可不是冒充激动——准会喊起来："你快看啊！宇宙精神②骑着马走来啦！"

---

① 火山岛，英国在南大西洋中部的领地。
② Weltgeist，19世纪德国古典哲学家黑格尔在其历史哲学中使用的一个概念。

欧　洲

在坎塔布连海岸①时,两天的天气是时雨时晴,其风景让我感觉这个地区出奇地混杂。到达拉科鲁尼亚②之前,我穿越了布列塔尼地区的荆豆荒原和花岗岩区,埃奥湾③后面是淡蓝色的高山,闪亮的草坪,我看见爱尔兰在这两者之间,在雨后晴空下显得如此清晰。在雨水浸湿的果园里,我看到橘子树上数量不多的果实被打湿,金色的果皮似乎有些褪色。我在爱尔兰一棵桉树也没有见到。从桑坦德开始,桉树遍布整个山丘。首先出现的是最瘦小的,它们长在笔直的山坡上,树叶像被撕得一缕一缕的旗子挂在柔弱而纤细的树干上,树干被压得像西风吹弯的芦苇。随后,我看到了乔木林,树干上的树皮有些剥落,茂密的树叶重重叠叠遮盖着光秃秃的枝干,几缕阳光从树叶间撒下。斑驳的树干顶着破烂的树

---

① 在大西洋上,位于比斯开湾。
② 西班牙加里西亚自治省的首府,濒临大西洋,与法国的布列塔尼地区的地貌特征相同。
③ 原文为 Le ria de l'Eo,该地区以渔业和商业著称。l'Eo 是河流名称,流入坎塔布连海。

叶,景象十分凄凉;草药扑鼻的芳香浸润着坚硬的藤蔓植物。这些异国风情的植物微妙地改变了景致:没有风车,没有白色铁质屋顶的澳大利亚平房,我在小路周围发现了毛驴和《奥德赛》的运水人,散发出南半球灌木丛气息:混杂的殖民地风景,植物繁多,不为人知的物种任意的与任性的不协调导致了变化无常的色彩。

毕尔巴鄂——奥维多——西班牙工业城市炭黑的丑陋:在三月使人疲惫的雨水中,与其说是塞尔维亚雪茄烟厂用石灰水刷白的洞穴,不如说是格拉斯哥的产业工人聚居区。高大乌黑的工人简易房遍布郊区。房屋与有轨电车间踏出的泥路供人们行走(我厌恶西班牙这些破败的城市,冬天地上坑坑洼洼,夏天则漫天尘土),甚至巴斯克本来已没有多少绿色的山谷间也散落着各种各样的工厂——水泥厂、玻璃厂、冶金厂——占据了最深谷底线①和大道间的整片地方,它们不合时宜地出现在这绿色的乐园,也玷污了瓦鲁克斯②的泉水。

淡季空旷的客栈③作为夜间宿营地十分安全,这是此次旅行的魅力之一。我们从宫殿逛到城堡,根本不用担心睡觉的地方,这里有连锁的宿营地旅馆,也许就是当年女王住过的地方:消费社会的乐趣不总是在于微不足道的地方。我想起巴雷斯来到这里询问托莱多④秘密的时代:白天是画中的

---

① 原文为 thalweg,来自于德语。
② Vaucluse 位于西班牙南部,地中海气候。
③ 原文为 parador,来自于西班牙语。
④ 莫里斯·巴雷斯是法国作家、政治家,著有 Greco ou le secret de Tolede。托莱多城位于西班牙中部。

托雷德①,夜晚恐怖的西班牙旅馆似乎总是留宿葬礼、炎热、蚊子、变质的饮料、油腻的西班牙海鲜饭——而次日殖民地的铁路②因为出了问题使火车停下,车厢也变得酷热,并且到处可以看到那里废弃的铁轨。

葡萄牙:在图依,我在米尼奥河边过夜,从对岸的山丘上可以看见巴伦西亚的葡萄牙小城堡守望着边境,其周围是呈半月形排开的棱堡,成为沃邦③的缓冲区。而突然出现在我记忆中的是展现1808年西班牙战争的版画作品,它刊登在旧版的《执政府与帝国史》中,我曾经拥有过这本书。苏尔特和朱诺④的军队也许登上过十多个这类小棱堡的牒口,与罗克鲁瓦和布湖瓦日⑤一样。当太阳从米尼奥河东边重恋叠嶂的群山中升起时,十几只公鸡在鸡舍里引吭高歌,这些鸡舍是由里利浦特的防御工事改建成的,护墙边小小的晨钟独自报着时间;天空如此晴朗,如此明亮,以至于耳朵竭力寻找这醇厚的乡野音乐会中晨号演奏的装饰音。

越过边境,葡萄牙的一切比它伟大的邻国更加欢快、更加精美、更加赏心悦目。在我看来,其邻国似乎是一个漩涡("从西班牙没有吹来顺风,也没有愉快的婚姻"⑥)。也许葡萄牙的精美与赏心悦目并非刻意;平整的大路,干净的街道,

---

① 源自于西班牙画家格列柯的《奥尔加斯伯爵下葬》,此处指该画中的托雷德城。
② 原文为ferrocarril,来自于西班牙语。
③ Vauban 法国路易十四时期的元帅。
④ 两人皆为拿破仑的爱将,分别入侵西班牙和葡萄牙。
⑤ 1643年5月,法国和西班牙发生了罗克鲁瓦战役。布湖瓦日是法国的军港,也曾经爆发类似的战役。
⑥ 这是法文的表达方式,意思是从西班牙没有好的事物传入葡萄牙,两国的关系也不是非常融洽。

精致的房屋,花团锦簇的加油站。再没有卡斯蒂里亚①高傲的漫不经心(现在开始改变)这里是"海上阳台"②,也是卡斯蒂里亚的梅塞塔高原,开着花、通风、阳光普照——暖冬之一,从米尼奥河(或再靠前的地方)开始,葡萄由花岗岩石柱子支撑着,在地势低矮起伏的空地上种植着鲜花。果园和花园里除了葡萄藤,少有其他作物:连绵的丘陵与小山包上长满了松树和桉树,这就是此处的风景。

这里美丽且令人愉快,然而没什么特色,甚至有点烦闷。没有自己坚硬的内核,没有厚重感;一处散成丝缕的边缘地带,卡斯蒂利亚地区的坚韧在大海中被软化,那里的语言[s][ʃ]不分,这种发音方式让人想起基辅或德布勒杰③,它替代了西班牙霍塔舞粗狂的音乐,很奇怪,令人感觉是某种商业语言,因为要讨好买主,其语音、语调变得圆滑、软弱,受到马拉巴和莫桑比克的影响,似乎类似于 beach la mar④ 交易语言。好像这条没有厚度正变得新颖的海岸线延伸至半路就停了下来,但是,它挂在次大陆的整个边境线上,那里到处是荆棘和防御工事——不像希腊或腓尼基,更像奥里沙或科罗曼德尔的海岸⑤、穷困的农村,仅在十字军东征时有稍许辉煌。在波尔图和里斯本的墙上堆积着帝国主义的宣传口号——衣衫褴褛、微不足道——在大西洋的另一边,矮小、贫困、暗淡的大都市惊恐地看着获得解放的大儿子,这令人骄傲也让人嫉妒——与用羽毛装饰的小动物一样,它看着布谷

---

① 在西班牙中部。
② 指此处为靠近大海、地势较高的地方。
③ Debreczen,匈牙利城市名。
④ 西南太平洋各岛屿流行的土腔英语。
⑤ 奥里沙为印度南部名城,科罗曼德尔是新西兰度假胜地。

鸟的蛋从窝里溢出来。即使在里斯本,也没有威尼斯、阿姆斯特丹那样浓重的商业气息,这里更像非法商贩聚集的乡下,没有羞耻与偏见,包容任何外来事物,似乎从负面定义了西班牙语 castizo① 这个词。

* * *

剑桥。离开圣·约翰学院时已是晚上,我穿过草坪和荆棘丛,淡蓝色薄雾笼罩着康河,我向哥特式公寓走去,那里是我作为临时主人所投宿的地方,房间下面是一个四方形的池塘。我注意到远处草场那里有小说家福斯特②的身影,他年事已高,非常著名,在这所大学有份闲差,由学校负担他余生的吃住。他在普利塔内的住所周围有广阔的草坪;他的身影神秘而昏暗,静静地在偌大的校园里飘过,好像在带狗散步时无意间走进了花丛:一种我无法言表的淡淡的归属感围绕着英国式的荣誉,国家在此变成了一个对于他很特别的大家庭:他在这个国家不是首领,而更像是喜欢运动的祖父,手里拿着烟斗,在快乐并尊敬他的人群中吹灭了自己的生日蜡烛。

更甚于牛津大学,剑桥有草坪、荆棘丛、灰色的砖瓦、高大的窗户、冒烟的河流、长满水草的鱼塘带来的静谧,所有这些在我看来都像是受到保护的教区,它既有宗教色彩,又是知识分子的殿堂,只是还带了些非宗教的性质,这里是中下层控制的地方,一半是大学式的,一半是宗教式的,小巷与小路间的灰色基调静静地与绿色植物一起共同产生出文化的

---

① 纯洁或真诚的意思。
② E. M. Forster,英国小说家。

气息,就像圣·托马斯或阿尔贝·勒格朗时代那样,生命悄悄在这里开始与休止:隐修院的阴影一直存在,它的中规中矩、腐朽僵化、安安静静,还有因为缺乏严格纪律而产生的窃喜的气氛。当核物理教授高声祈祷之后,我们在高桌①开始用晚餐——让人莫名想起圣餐台在教堂内祭坛的放置——晚餐有一片薄荷羊肉以及几颗绿豆,在烛台尤其是大的银质烛台之间;美食之地,连列队都和背景垂直,而不是平行的;戴假发的肖像和教堂细木板之间是成排脚灯的光芒,营房阵阵用餐时分的喧哗声从后面传来。之后,我们退到另一个哥特式长廊,烛光些微照耀,漫漫廊道的尽头隐没在黑暗中:这便是威廉·威尔逊学院。最年轻的成员走过来,递给我们雪茄和装在银质小盒里的各种鼻烟;有一种长颈玻璃瓶里的精心滗制的波尔多酒可以说是我有生以来享用过的最美之酒:每年神学教授都会亲临法国西部的梅多克地区选择学院饮用的干红葡萄酒。微弱的烛光下,肃穆的圣器室已改变了用途,这些先生们②握着酒杯,用掌心的温度暖热,他们对这种类似于美好时代沙龙上最吸引人的礼圣餐或是红衣主教圣餐的饭局早已驾轻就熟。

* * *

1933年夏初,我去往盎格鲁-撒克逊领土的尽头旅行。埃马纽埃尔·德·马尔东③让我获得了巴黎高等师范学院的奖金,奖名不详,总之用于资助当年的地理论文:于是我决

---

① 原文为 Haute Table,即英文的 high table dinner,由牛津、剑桥的传统学堂晚餐发展而来,其特点为名人聚集、着装考究。
② 原文为 don,西班牙人用于男子名字前面的尊称,意即:先生、老爷。
③ 法国地理学家、气候学家。

定把它花在康沃尔①上。同届同学 L 度过了在伦敦的法兰西学院的学年,正在那里度假。我穿越了特鲁罗②,这个地方在我的诗集《伟大的自由》里提到过。那日,彭赞斯③海岸完全照耀在蒸腾、肉感的日光中:我感觉英格兰的夏季始终比其他地方灿烂繁盛,好像全然激动地陶醉于瞬息万变的阳光中。当盛夏真正到来时,它不再是一个简单的季节,而是一个节日。气候意义上的周末盛典,一个钟点接着一个钟点地令人回味无穷。水路弯成连续的月牙儿状,时不时驶入凹进峡湾的荧荧海水中,那里触到小港口的尽头,乱石击碎。一会儿,又进入沼泽腹地,日光横扫,空旷荒芜。我久久贴在走廊的玻璃上,想象着能迎着猎猎海风跑向尽头的乐趣。那里波浪涛天,山甲角被不断侵蚀、吞噬着。大海在笑,就像高尔基的《马勒瓦》中的里海。我在黄昏时分到达了彭赞斯,龙德涅和纳勒松,这两艘当时最强大的装甲舰正在海上试航。升腾的水汽与赛舟上的灯光把它们映衬得熠熠生辉。L 在岸上等我。几分钟后,我们乘坐的小艇绕过了半岛的海角,到达圣伊夫岛了,那里就是我们的宿营地。离这个英国的蓝色海岸一两海里处,爱尔兰海特有的北欧光泽顿时暗淡:亚瑟王所生之地,庭塔杰尔④遥相在望;水汽下,麦锡尼岩丛中的海水泛绿,充满蛮荒和奇异,转瞬间,神秘笼罩了那片大海。

康沃尔极端疏瘦,作物不得生长,到处显得瘦骨嶙峋。在平地上散步,穿过一丛丛欧石楠和野蕨,我们沿着高尔夫

---

① 康沃尔,英格兰西南郡一角。
② 位于英国西南部。
③ 康沃尔西面最偏远的地方。
④ 康沃尔北面。

球场似的、人迹鲜至的海边沙丘走——在小径的交叉口,乡村墓地里,一个个盖耳式十字大小规整地显现在花岗岩中。平地顺着长长的斜坡伸入大海,不是光秃秃的,而是被一层紧密又卷曲的小灌木覆盖。海风像一把镘刀将它们修齐、磨光。这个坍陷的平地像是截断了天空,人得一路顺着一圈羊肠小道和坷绊的陡径滑下,直到礁石和树叶之间的大海。

康沃尔的圣伊夫指明了前方
紫外线带来了健康

这句话在我们回来后的次日即得到了证实:那日,没有一线阳光照射海岸,在密布的乌云下我们抖抖瑟瑟地洗完澡后,发现自己遍体鳞伤。雨,小声地、无所畏惧地在康沃尔下着;喝着当地不加糖的下午茶,透过窗玻璃,我们看到那废弃的小高尔夫场的草皮涨漫着苔藓的绿色,让人觉得很舒服。入夜时,一道倾斜的金黄色光线透过云盖:再没有比那片纯净的皮毛般的绿地更光亮了,蛋壳色的别墅的门廊有着多利安小圆柱,尽淹没其中。只有米莱[①]的一幅画(憩息谷)才获得这种落日下近乎于超自然的悸动,冷峻又散发着天堂的气息。

骤雨的间隙,我们两个好伙伴在这片荒漠的乡野步行了许久,那里是簇新的,被雨洗刷得干干净净,像一个高尔夫球场或遛马场。有时我们长时间地伫立观望,涨潮的时候,海岸上美丽的礁石激起阵阵浪花:除非在普鲁马纳什[②],没有

[①] 英国画家,前拉菲尔派的创始人之一。
[②] 位于法国布列塔尼区,以花岗岩闻名。

任何一个地方,会像这片爱尔兰海一样的泡沫丰盈愉悦。下午将尽的时候,我们到圣伊夫喝茶,人们正打鱼归来,岛上一片繁忙。L手肘处加厚的粗呢衣、他的烟斗、他海军式剪裁的包、他纯正的当地口音、他常年在外养成的英式生活习惯,这位"英国人"在伞下坐在椅子上,给我一种飘泊、轻便、平和的感受:任何事不再是异国的了,因为L,假日过得亲切如家。1933年的英国仍然不可思议地带有罗马帝国和维多利亚时代的特点:午茶时间,在酒店或度假村的大堂里,只能看到某位来自印度军队的军官或内政部的官员携妻带女(非常特殊,印度军队的上校只有女儿)正准备去维希、巴特或是坦布里奇维尔斯。

草地——草地——草地!在海边的毛毛雨下呼吸。雨丝节制、审慎,滋润得不多不少——正好,雨也有不列颠式的默契——海滨草地——被修剪、浇灌了的宽阔公园在太阳的蒸腾下雾气漫漫。如今到哪里还能找到这样的环海公路呢?这凯尔特式蛮荒的夏日之海,被宽广又雅致的绿色萦绕着,充满撒克逊族的清净舒适和弗吉尼亚烟草味。

* * *

伦敦,我曾在那儿呆过三天。秋日的太阳美丽和煦,偶尔也有些潮湿。我只记得无数半私人性质的小公园,被栅栏儿围住,只有业主才有开门的钥匙。"犬类禁入,除非系上狗绳,由主人带领沿小路散步"——秋季里的四角方寸之地,秘密、潮湿、锈迹斑驳,镶嵌在幢幢砖色褪却的房子间,清新鲜嫩,如同井水被围在井栏里。自乡绅们纷纷归隐到首都,一片英式田园便浮现在伦敦,或许再得配上狗与烟斗:这些受保护的封闭院落,带着它们湿漉漉的毛絮和十二月的落叶枯枝,丝毫没有公共绿地的实用和乏味;哀婉之处在于那不幸的城里人的鞋底可以带走它的绿色潮湿,却永远无法领略其精神所在。

* * *

有一个场景,我本该在从卑尔根去奥斯陆的火车上回味,现在时不时又浮现在眼前。那条干线总有两三次会离开索尔峡湾,然后再重回故地。有一段海岸凹入峡湾,大约有六十几米宽,如同一块绿手绢,是海湾草地的一角。有一道支流浸润着草地,流淌到最后便湮没于一片微型的三角洲之间。四面是垂直险峻的峭壁,往下扎满冷杉,往上高耸入云,整个凹口囚禁其中,固若金汤——就在这样的险要之地,一个孤伶的小屋被安置在草地中,依着冷杉,靠着峭壁,面向大海。

这幅画有各种滋味在其中。孤独。或者某种孤独。但不是荒芜:各大城市之间相距不到一百公里,可以想象,每星期面包商人会过来,医生和牧师也会时常光顾。然而,它已是边缘,已是山坡的开端。寂静——广阔,昏暗,无法驱散,人仿佛淹没于一片森林之中。有时耳朵能惊奇地辨别出空气的流动,不再是气候意义上的,而是听觉意义上的。往北,经过波的尼亚湾的瑟德港、阿纳弗斯之后,一直到哈当厄[①]附近的某处:人迹渐稀,声音也淡了,时断时续,不再有根本性的波段——沉寂,密集、掺杂、丰富的沉寂,充盈着,它突然重新出现,到处弥漫着这样的气氛,甚至能实实在在地听到它,如同钟摆的嘀嗒声回响在昏睡的房间。

[①] 瑟德港是瑞典港口,阿纳弗斯和哈当厄是挪威港口。

的确,这里只是供临时生活的地方,但那里又是符合居住条件的——只因为那是边界,即使在绝对的荒漠边缘。在这里,想象可以天马行空。热带荒漠不过是两者之间仅有的那一两片绿茵之间的暂缓;而北方则是生活的沉淀,寒冷和黄昏即将结束时的寂静——只需过这个临界点,沙粒不再变幻无常,只有静止而可怖的巨大影像:阿瑟·戈登·皮姆①的赫丘利的雪门,冰上的斯芬克斯②。这里还是有绿色的,一道光线透过蒙生的雾障照耀的时候,甚至还是有活气的。人居的鲜活世界就在眼前;退出那一道冰冻和黑夜的边缘,生命最后眩晕的光亮被黑色之光环绕,如同巅峰上的雪抵着蓝色的夜空;这些是在虚无里隐现的哀婉的生命的闪光。套句罗密欧见到朱丽叶时说的话:

　　她皎然悬在暮天的颊上

＊　＊　＊

　　瑞典和挪威最令人震撼的景观:无处不在的岩石,它们半岛地质意义上的天然护甲,斯堪的纳维亚式的盾牌(再没有比这更好的说法了)。但不是峭壁:是岩石,所有可以被拔除、剥离、消蚀的,冰层都将之拔除、剥离、消蚀,刮尽、磨光、擦净直至成为枯骨。只剩下深处的核心暴露在外——未被触及改变的岩心之母。森林——浅色的、尚未长成的森林——在装甲舰般的岩顶和岩壁繁衍,周围都是

---

① 埃德加·艾伦·坡长篇小说《阿·戈·皮姆的故事》的人物。
② 冰上的斯芬克斯:儒勒·凡尔纳的科幻小说《冰上怪兽的斯芬克斯》中的角色。

不毛之地；在斯德哥尔摩的群岛上，四月残雪的痕迹凸显着岩石的巨大关节，房屋如同从无畏战舰壳板的高处垂悬于湖面一样。削平的岩肩，如鲸鱼之脊背，龟鼋之甲壳，此处花岗岩都是这样的外形：没有泥土，甚至没有一寸供欧石楠生长的土。整个斯堪的纳维亚像是巨大冰川融化后被删减的压载舱，像密封的、用螺栓固定的、浮出水面的潜水艇脊柱。没有一丝填塞的痕迹，也没有淤灌。沿着波的尼亚海湾的下游，铺砌的岩石拱起，深入海水，像条可涉水而过的石路。即使是再小的湖泊也被裸露的花岗岩或斑岩环绕，化成一片圣水池。

森林：无处不在，单调沉闷，挥之不去，然而又从来成不了树木的海洋：空地使它稀疏，裸岩使它剥蚀；阿尔弗斯山谷的陡壁夹道间河脉密布，它们切割着森林，就像一道道狭长的草坪防火带。植被的颜色不尽相同，名目繁杂的针叶类植物、浓密不同的桦树林相间分布——遥相望去——深浅不一的绿色、宽窄不一的纹理层次，就如同夏天靠近海岸边的海水，深浅各异的蔚蓝。这片植被也不是浓密且连续不断的，不是浓密毛发般的植物：它是稀疏的，几乎是浅色的，甚至从远处看，小山脊上的冷杉清清楚楚排列如锯齿。一种苦涩而紧张的竖直。密集的、生生不息的毛蒿，依顺着山脊和凸起，不整齐地生长着，可有可无地吸收着养分，如一个剃坏的下巴、一块绷连在骨头上的皮肤。

整个早晨，我都在这片森林里行驶。一个于默奥来的法国人陪着我。他在诺尔兰做一份奇特的工作：所谓巡回教育顾问，受聘于瑞典政府，指导各大中学的法语教学。全年，包括冬季那些不止息的长夜，他都奔波在面积抵得上法国一半的大区里，从基律纳到加夫尔，在苔原和冷杉之间，拜访分布在森林各个幽僻处的几家学校:一个孤独的监察长。我们很少谈话;天气爽朗而干燥。道路湿润,泛着钢铁般的蓝色,空洞、干净、清扫过一般,两边交织着一道道冷杉和积雪——这幅画面的深处,相当短的视线内(好像瑞典从没有远景),可以望见一群软绵绵的小山被冷杉覆盖:这单调无边无际,有一种类似沉醉和昏睡的意味——总之,以我同伴的专业判断,再走远一些,我们就不太可能在几百公里之内找到食物了。我们于是在温德恩停车吃午饭,店名叫韦斯德博顿①之珠(但并无珍珠的光彩)。只有我们两个,这惬意舒适的小旅店附近有一片小木屋,松散在冻僵的草地上:万籁俱寂。屋顶受阳光照射,解冻后的冰水一点一点地滴落。我们随后穿越冷杉群重新出发,就像再次起航一样。

在于默奥,两尊抽象派的巨大雕像分别象征着:"冰",位于火车站门口;另一尊在一所仍在建设的大学里,名为"极光"。城市——被我们叫做"桦树之城"的城市,有五万居民,看上去却不足一万五千。这座城市坐落在铁路干线和于姆埃尔夫河之间,河宽仅八百米,长却有五公里。就像在美国麦迪逊时一样,离开四五条成直角的商业街,郊区就出现在眼前:一层楼的小房子,木制或砖砌,安放在冬日将尽时毛刷色的草地上;四月大堆灰色的脏雪开始融化,人行道两旁不再积雪。裸露的干爽的阳光射出长长的倒影,如夏夜六点的日光,落日余烬已透露着忧郁——光线失去了质地,浅浅的,消减着,好像热气已使它在光亮里耗尽了能量;烟熏般的白色,赤裸的白桦下垂而细致的妊娠纹给毫无生气的道路留下一抹精美雅致又不易察觉的哀伤。将近七点,道路渐空,市

---

① 原文为 Vesterbotten,来自于瑞典语,意思是西方的波的尼亚湾。

郊零散的乡村别墅倒热闹起来。美丽而慵懒的阳光继续散落在道路上,拖拖拉拉,漫不经心,像忘记关闭的市政照明。那时我徜徉在于姆埃尔夫的河滨,四月末,这条大河的四分之三还冻结着,在高高的、未修整过的河岸之间流淌,河岸上的草因为结冻而全然泛黄,白桦繁盛,小木屋高耸其上,一座砖砌教堂挂有铜色泛绿的大钟,就是在北欧到处可见的那种。坐拥河岸中心,所在之地顿然化为一个小公园。森林的下植被层,往河的上游和下游延伸,割断了视线;乡土味的铛铛钟声降临到半睡半醒的小镇,一切尽在青天白日中。冰粒一小时之后就会在岩壁重新凝结,空气里有一种融化留下的味道,酸涩、干冽,令人呼吸畅快。我在这里感到精神上的放松,但并不是因为乡村的平静,还感到最初令人喜悦的想象力与好奇心渐渐变得麻木,在这尚可居住的世界边缘:这是一种细致的生活,它会因为黄昏中一丁点声音而起波澜,这样的生活稍显苍白,却不乏欢乐,相比之下,空间似乎显得太大,日子似乎太长。音响敲击耳朵,继而被削弱、被阻隔、被拉远,像登上蒙特维斯山①一样——从远处看,跨越埃尔夫河的水泥大桥上的公路在尽头处分作两支,公路旁的指示牌不像安装在公路上,反倒像是悬在埃尔夫河上:哈帕兰达——芬兰:400公里——基律纳:600公里。凌晨四点还未到,天光已透过帘幔唤醒了我。我起身走到窗前:一片炼狱般的激烈炽白的光芒照亮空旷的广场,没有鸟声,没有车响,夜里停放的车辆已渐次离去,还需等上三小时,彻亮又荒芜的白日像夜神的眼光,没有任何生命迹象在活动。

---

① 海拔1913米,由此可观赏勃朗峰及冰海,位于法、瑞、意交界处。

* * *

诺尔兰仍然覆盖着大雪,空气干燥到令人意外。嘴唇绽裂,脱水威胁着人们:夜里得起来喝下一大杯水。要点火,只需拿火柴在原木堆上一擦便行——在冻结的麦地里,雪仍不断融化,可以想象浸透了水的草着了火,燃烧开去几十米远,就像夏天长在铁路斜坡上的灌木丛。

* * *

这里令人震惊的地方,并不是和美洲一样缺少过去,而是对过去的拒绝。瑞典至少有两次震撼了欧洲——古斯塔夫-阿道尔夫和查理七世。但他们的行踪没有留下任何痕迹;他们的丰功伟绩,比起来和韦辛格托里克斯[①]一样少;上世纪以来,所有一切都随着木制城市一座座烧毁而灰飞烟灭:这里是一个与西班牙截然相对的所在,后者已干瘪僵直如大理石重负下的墓地。而这儿却需要"绝对现代",就像《地狱的一季》[②]里所说的那样——我们得试着在学校放弃历史教学——在斯德哥尔摩,我们将斯特林堡[③]的房子推倒在地,虽然保存完好,但毫无实用价值。广场上的视觉艺术统统禁止,被纸浆和鱼罐头代替。无论诺尔兰市或拉普尼市都不会骄傲地将丁格利[④]的机器雕塑或巴达奇

---

① Vercingétorix,约公元前72~46年,高卢人的首领,在阿莱西亚被凯撒打败。
② 《地狱的一季》,兰波1873年7月出版的散文诗。
③ August Strindberg,瑞典戏剧家、小说家和画家,瑞典现代文学的奠基人,被尊称为现代戏剧之父。
④ Jean Tinguely,瑞士雕刻家及试验艺术家,以机械式动态雕刻著称。

尼①的压扁的汽车雕塑放在火车站或市政府门前作为城市的标志。

* * *

斯科纳省,冬季的末梢已从冰雪中挣脱:一片空旷安逸的乡村,被耕犁、耙平、梳篦得无可挑剔,不留一块鲜亮的颜色:一幅广阔的单色画②,褐色、米色、暗沉衰退的黄色;那是擦鞋垫般粗糙的色彩,换言之,像方砖贴面上盖了一层刚翻过的新土。往西,过河岸低地,卡特加特③海舒展在那里:平坦而惨淡,尚存着少许生气:临近富饶乡村的流泽漫溢到这些平和、温顺的内河,卡尔马海峡、大贝尔特海峡、卡特加特海峡——往来摆渡的船只留下道道划痕,几座大桥横跨在这些海峡之上。

* * *

冬日漫长的霜冻带着整个大城市渗透出来的狡黠性情,似乎已把城市净化得无菌、无味、开化、明净。难以想象,哥德堡和奥斯陆算是两个大港口,却会不合时宜地出现骚动的小街或"贫民窟"(一到哥本哈根就不一样了,因为有新港)。星期六晚饭后,游荡在路上的酒鬼那低沉而短促的喊叫犹如动物原始的吼声,好似从临近的森林发出的音响:诺亚方舟时代最简单的沉醉——这可不是毗邻的俄罗斯文学酒鬼们的黑色毒汁——在一星期的末了,登岸下船的时分,推倒那些高大的、天真的金色身躯。

---

① César Baldaccini, 1921—1998,法国雕塑家,通过被压扁的汽车进行创作。
② 20世纪70年代的主流美术,以白色、黑色、素色为中心的单色调绘画。
③ 卡特加特海峡:在丹麦和瑞典之间。

为了逃离奥斯陆的沉闷,我躲去比格迪地区的南森博物馆,在那里我们可以从上至下注视弗拉姆号①的木制船壳,厚重鼓胀如诺亚方舟,安放在地上的龙骨令人想起哈特拉斯船长②的船,两翼舒展,抵御着巨大冰块的压力,航行在波澜大海。外面浪潮涌起,海鸥鸣叫,北欧的寒风凛冽刺骨,在这座外形如茅屋的水泥博物馆里仿佛蕴藏着一种灵魂,是南森和阿蒙森的博物馆③,也是一座真正的儒勒·凡尔纳博物馆。阿蒙森:鹰钩鼻,穿着轻便雨衣,犹如用栗树木材雕刻的船首头像——南森:敬畏上帝的极地绅士,在高大的身形和燕尾服下不堪重任:可以想象他褪去了手套,喂养着他的爱斯基摩犬。墙上是出征极地的相片——荣耀的新教徒,完全留有 19 世纪末 cant④ 的印记——不过,在鲜有人至的法兰士约瑟夫地群岛的某个角落,一些世界上数一数二的快艇赛手们互相打着招呼,骨子里有一种难以觉察的执着,像魔法师一般从口袋里掏出镶着花边的小旗,他们晃动着这些旗子,袖子上的雪花也随着晃动片片掉落。

这个雪中民族毫无艺术可言:终日与冷杉为伴的乡下人,只有粗俗笨重的念头,他们甚至不是像样的水手,不会在浪花里寻找诗意,他们不过是大海简朴的耕耘者罢了。只是在这块形状如食指一样的弹丸之地,他们尚有这样一座博物

---

① Fram,南森专门为北极探险所建造的船只,具有坚固的船壳,足以抵御冰的挤压。
② 儒勒·凡尔纳的《哈特拉斯船长历险记》中的人物。
③ 1935 年弗拉姆号经过重新修葺,在比格迪半岛(Bygdoy)上根据它的外形修建的博物馆中展出,博物馆被称为弗拉姆博物馆(Musée de Fram),因为南森与阿蒙森先后使用过这艘船,所以此处作者称之为二人的博物馆。
④ 来自于英语俚语,指因为某种职业、信仰或纪律而聚集在一起的群体。

馆,富含艾吕雅①所谓的不自觉的诗意——装满孤寂、冰冻、黑夜和航行的魔法,被天真但强烈的思想照亮,足以引领整个生命——或许甚至连思想都算不上,只是看到这片土地时的有感而发:挪威这个词的意思就是"北方之路"。就在浪潮翻涌的海边,海鸥飞旋,这座维京族的小木屋中充满着简单又庞大的意念,它是美丽而高贵的国家博物馆,那里有一张张泛白的相片,还有这艘经过修葺的弗拉姆号,其船尾似乎悬挂在空中。

在一旁的是康-蒂基②博物馆,正展示赫耶达尔的轻木木筏,但我们很快可以感受到差异;没有理性的思考,既无必要亦无回应:不过是种探险的兴趣爱好罢了。

* * *

克里斯安桑——挪威最南角,过了泰勒马克省之后的一个迷失的小港口——一个法国助手接见了我,带我去参观市政公园,这是小城的骄傲:一个清新的绿树成荫的海峡,一个冷杉之邦,全然人造的佛利基达·坦邦③,温情脉脉地被小铲细心拾掇出来。一名天才的陆军上校,有着田园诗般的心性,毕生坚守在这里。据说,多年来他雇用的士兵只为保卫这里的风景;他的青铜半身像隐现在绿荫处:多么温柔的军队!多么幸福的家园!

* * *

洛斯基尔德。丹麦的圣德尼大教堂由砖块砌成,其风

---

① 法国诗人和社会活动家,左翼文学代表之一。
② 挪威海洋学者赫耶达尔于1947年从秘鲁出发历时101天的海上漂流所使用的木筏。
③ 古希腊神话中,河神佩内在奥林匹亚山北部和奥萨山南部间挖开一道山谷所开通的通向色萨利平原直到爱琴海的走道。

格毫无雅致可言,墓石上雕有一排排死者的卧像,而名姓却都未曾听闻(丹麦是得天独厚的,他只有一个从未登基的王:哈姆雷特)。四周,斯堪的纳维亚的寂静,一种尚有人居的世界边缘的、凋谢的、镇定剂般的寂静——比荷兰的寂静更令人麻痹:虽然那些王家大墓地就在附近,历史粗暴的进程仿佛从未唤醒过这个宁静的、草木繁密的小镇:她只听着沙沙轻风从平坦的海湾吹来,穿过青涩的麦地,只听着草地上空海鸟的鸣叫,路德教严谨的钟声,一个钟点接一个钟点地被敲响。

在洛斯基尔德无需刻意寻找什么,也无需刻意索取什么:只要呼吸一秒钟从贝尔特海峡吹来的、酸涩的四月寒风,再到糕点店停留几分钟,那里的舒适令人昏昏欲睡,吃块加了丹麦奶油的丹麦蛋糕,那奶油还是双重的[①],然后离开——因未长久居住于此,我们没有足够的时间享受这座城市应允的惟一的、简单又深切的愉悦,我们本应享有,却只能沉睡其中;在一个真正的丹麦之夜沉睡:一个双重夜。

* * *

哥本哈根:二十年后再见这座平和温情的城市,美丽依旧,是何等的喜悦!还有铜质屋顶的灰绿色在空气中已经销蚀过半,它们紧贴在屋顶上,像一层雪膜,一抹冬季的轻与静。耐人寻味的魅力有时让人勾起一些迥然不同的回忆:新港和阿姆斯特丹的贫民区如出一辙,都有着天真的、打着毛线的妓女——老城小道的宁静有时仿佛在诉说着修道院的往事——港口的仓库,在高墙的屋檐下仍旧悬挂着的滑轮,

---

① 双重奶油:脂含量42%的鲜奶油。

令人想起卢贝克和但泽的汉萨同盟。就连门面的颜色：熟褐、月白、水蓝、枯萎的玫瑰色，都与从前一样——彭波①色——里斯本的阿尔法玛老城区无不如此；这个斯堪的纳维亚正午略带着羞色，在试着捕捉墙面上和水渠光洁的水面上的模糊光线，像一群小孩子用一块钱买的镜子寻找光的反射——那是一种浸入冷水般的微弱日光。

斯德哥尔摩的建筑有哥本哈根的Gemutlichkeit②，它们更是奢华而冷漠的，但是，如同法国泰纳区或蒙松平原区的"第三共和国"时期的建筑一样，其旧港区还透着股人情味。

在美丽法兰西酒店，我住进一个古老安静的房间，深红色绒布的软装潢。窗外，可以望见警察局里弯曲又宁静的小路，还有几只昏睡的猫——路的另一头，屋檐下，依稀可听见房间内两三台打字机漫不经心的嗒嗒声。右面，几百米远处，时不时传来东街无数的骚动声，车辆禁止行驶，就和威尼斯的梅萨利亚街一样。钟声在清澈的天际毫无障碍地畅游：小资、宁静、亲切、不张扬的优雅，一个不夸张的首都仿佛汇集了一些被人遗忘的人性。

斯堪的纳维亚半岛重新浮现，那里的冰川以一厘米接着一厘米的速度消融，岛上只有几个世纪以来树木自然腐烂或遭受火灾而偶然留下的痕迹，这勉强称得上"森林文明"③。离哥本哈根几千米处，在N.村，有几处外形似茅草屋的博物馆值得拜访，那里保存了18世纪的乡村家具。再走远几百

---

① 彭波侯爵：葡萄牙拉刚萨王朝时期的首相，里斯本大地震后推行了一系列重要的经济改革。
② 来自于德语，意思是舒适随意。
③ 法国年鉴学派历史学家勒高夫(J. Le Goff)所谓的森林文明(La civilisation du bois)，指中世纪对森林的过度使用。

米，有一座史前村落，建造在农田中央，还可见到荆棘的栅栏，小窝棚和采伐迹地。在这两个地方之间，历史似乎出现了巨大的空白。在这儿，史前历史几乎直接撞击现代文明。而且越往纬度高处，沿着波罗的海，沿着瑞典走廊，这种空白越铺开张大；每个瞬间，在诺尔兰的背景下都有一个美洲大陆在显现。

图书在版编目(CIP)数据

首字花饰 2／(法)格拉克著；顾元芬,朱震芸译；六点校.
--上海：华东师范大学出版社,2011.9
ISBN 978-7-5617-8640-6

Ⅰ.①首… Ⅱ.①格… ②顾… ③朱… ④六… Ⅲ.①文学评论－文集 Ⅳ.①I06-53
中国版本图书馆 CIP 数据核字(2011)第 101427 号

华东师范大学出版社六点分社
企划人 倪为国

LETTRINES 2
by Julien Gracq
Copyright© Librairie José Corti, 1980
Published by arrangement with La LIBRAIRIE JOSE CORTI through Shin Won Agency. Co.
Simplified Chinese Translation Copyright © 2011 by East China Normal University Press Ltd.
ALL RIGHTS RESERVED.
上海市版权局著作权合同登记 图字：09-2005-611 号

巴黎丛书
首字花饰 2
(法)朱利安・格拉克 著
顾元芬 朱震芸 译 六点 校

责任编辑	李炳韬
封面设计	魏宇刚
责任制作	肖梅兰
出版发行	华东师范大学出版社
社　　址	上海市中山北路 3663 号　邮编　200062
网　　址	www.ecnupress.com.cn
电　　话	021－60821666　行政传真　021－62572105
客服电话	021－62865537
门市(邮购)电话	021－62869887　地址　上海市中山北路 3663 号华东师范大学校内先锋路口
网　　店	http://ecnup.taobao.com
印 刷 者	上海景条印刷有限公司
开　　本	890×1240　1/32
插　　页	2
印　　张	6
字　　数	114 千字
版　　次	2011 年 9 月第 1 版
印　　次	2019 年 6 月第 2 次
书　　号	ISBN 978-7-5617-8640-6/I.774
定　　价	48.00 元
出 版 人	王焰

(如发现本版图书有印订质量问题,请寄回本社客服中心调换或电话 021-62865537 联系)